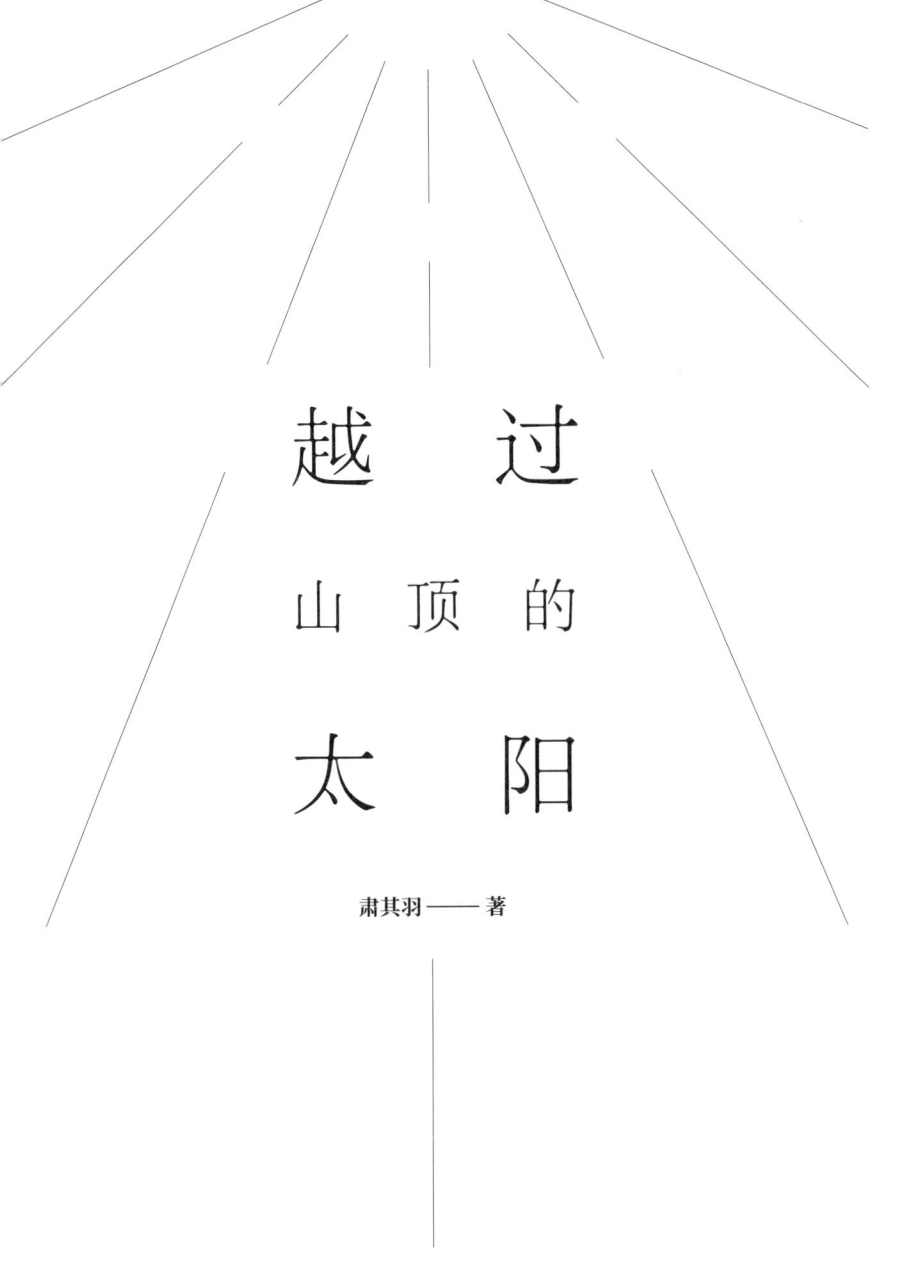

越过山顶的太阳

肃其羽——著

浙江文艺出版社
Zhejiang Literature & Art Publishing House

图书在版编目(CIP)数据

越过山顶的太阳 / 肃其羽著. —杭州：浙江文艺出版社，2022.7
ISBN 978-7-5339-6805-2

Ⅰ.①越… Ⅱ.①肃… Ⅲ.①诗集—中国—当代 Ⅳ.①I227

中国版本图书馆CIP数据核字(2022)第051401号

策划统筹	邱建国	封面设计	象上设计
责任编辑	陈 园	版式设计	吴 瑕
责任校对	牟杨茜	营销编辑	汪心怡
责任印制	张丽敏	数字编辑	姜梦冉

越过山顶的太阳

肃其羽 著

出版发行	浙江文艺出版社
地　　址	杭州市体育场路347号
邮　　编	310006
电　　话	0571-85176953(总编办)
	0571-85152727(市场部)
制　　版	杭州天一图文制作有限公司
印　　刷	浙江海虹彩色印务有限公司
开　　本	889毫米×1194毫米　1/32
字　　数	177千字
印　　张	9.25
插　　页	5
版　　次	2022年7月第1版
印　　次	2022年7月第1次印刷
书　　号	ISBN 978-7-5339-6805-2
定　　价	60.00元

版权所有　侵权必究

序

被诗的眼睛注视的时候

木 汀

俞敏兄（笔名：肃其羽）嘱我为他即将付梓的诗集《越过山顶的太阳》作序。我虽然写过一些序、跋和诗评，但只限于为职业是警察的诗人而写，并一直自觉恪守这情至深处时立下的清规戒律。从命前我最初是给俞敏开了个诗歌名家清单，力荐由名人来为这部诗集"说文解字"，如此这般一阵，还是拗不过俞敏兄的执著。想来彼我之间远而不疏的诤友过往，为《越过山顶的太阳》"略施文字"，于俞敏于我都是对岁月的一种坦诚和交代。

文学即人学。诗是文学的滥觞，是起源最早、群体广阔、文脉完整的艺术形式，是"四两拨千斤"的文学形态；诗不单是人学，还是人学中的象牙塔。

与智利的聂鲁达、土耳其的希克梅特并列的二十世纪世界三大人民诗人之一的中国诗人艾青这样认为：

"创作的最重要的基础是作者的生活经验的积累,这种积累以作者本身的经验为主,其次才是以书本或他人的经验作为补充;如果没有自己的经验,就很难吸收别人的经验。"[1]

艾青的创作谈,无意中为诗歌的"人学的象牙塔"说确立了一次诗的定义。艾青的"朴素、单纯、集中、明快"的诗学主张,更是"人学的象牙塔"的"普通话"。既然诗是个体经验或情感和集体经验或情感的"混血儿",就不应该片面地把诗理解为喜、悲、怒或灵感所至,而应当是生活的厚积薄发。诗应当是理性的,喜、悲、怒或灵感形成的创作冲动,是个体经验或情感和集体经验或情感沉淀、交互、升华后的云起云涌。诗人创作诗,尤其是汇集成一部作品集,是精心构思和反复提炼的过程,是理性写作的最具体的呈现。我们权且称之为"诗理性"。

---

[1] 艾青:《艾青论创作》,上海:上海文艺出版社1985年版,第3页。

我的案头左边是俞敏的《越过山顶的太阳》的诗稿，右侧长期置放着俞敏两年以前出版的《隐匿的星辰》，以便于我随时取来咀嚼消化，觅出俞敏每一首诗字里行间的诗理性的起承转合。

诗虽然是个人经验或情感和集体经验或情感的交互产物，但仍将保留着诗人本人的情感瘢痕，这便是诗人本人的特定的诗歌基因，是诗人作品的辨识度，终身伴随着诗人及其诗歌。

我和俞敏只一岁之差，亦算作是同龄人。《隐匿的星辰》出版了两年，太多人很自然地把它当作俞敏的第一部诗集。诗集问世后，作者的诗人身份由此公开，但他继续隐匿着，谦称自己"不是诗人，只是热爱"，"顶多是诗歌的菜鸟"。事实上，俞敏是资历不浅的诗人，上个世纪80年代就开始写诗，是杭州青年诗社早期的成员。在俞敏家中，珍藏了两本油印诗集，类似于当今的装订成册的打印稿。在那个年代，将自己的诗歌油印，封面、目录、每一页的页码等，每一个细节都做得郑重其事,成集后的兴奋劲和难以言表的激动绝不亚于今天诗集的正式出版。俞敏热爱诗,但不热衷诗歌的交际,不张扬地安于一隅地做他的诗歌梦想,不图名噪一时,是一颗十足的隐匿的星辰。我们结识于上个世纪80年代末,之间无话不说,却从不谈诗,也绝没有把各自写诗的爱好透露给对方。我和俞敏的生性类似,对任何事物,包括任何技能,都是要由自己慢慢参悟揣摩,渐试渐行,渐行渐优,做隐匿的诗人,力求作品脚步的稳健。

赓续《隐匿的星辰》的路径、线索,《越过山顶的太阳》仍然保留了分辑的做法。在《隐匿的星辰》中就可以发现,每一辑的辑名都是这一辑个性高蹈的旋律,而其中的每首诗,都是构成该辑旋律的音符、音节。《越过山顶的太阳》也是如此,四辑辑名首尾相顾,辑辑递进又自成单元。每一辑,都是俞敏对人性和生命时空的观照,但在他诗集的世界里,他似乎只是一个隐匿着的观察者、记录者,似乎不是诗的主角,抑或从来不是诗的主角。

初读和深读俞敏的诗感受是不一样的。俞敏较少在诗中写大事件、大场景、大气象，初读，像在听诗人述说对日常生活的回首、感想，再读时，却感觉自己被作者的那双眼睛注视着，此时此刻，自己就是诗的一部分，或是其中的一行，或是其中的一个意象。第一辑"元旦的窗外"中的《扑面而来的生活》，再读时，我有些疑惑，我是落叶，还是诗人是落叶？星星点点的眼睛，如果不是诗人本人，又会是谁？在诗里，诗人犹如挂在天空等待启明星到来的那一颗缄默的星辰，鸟瞰大地上周而复始的生活景象：

曲蜷了一夜的落叶/尚未苏醒/晨曦熔岩般开始蚕食/街面，星星点点的眼睛/透着惺忪的烟火气/早起的人们/拉扯出几枝生活的花瓣/把希望交给明天/交给霞光里/一群冲天而起的云雀

生活总扑面而来/摇摇晃晃地/让你，不停地选择/

进口或出口/……

　　——《扑面而来的生活》

俞敏的诗，顽强地抵抗了时光对诗风的侵染，他最初诗歌里的那种敏感、纯澈、热烈，以及字里行间带着的对这个世界的考问和思辨，依然绵延起伏在他的诗中。俞敏的诗歌受上个世纪80年代朦胧诗的影响——那时候的中国诗坛，新流派、新诗潮不断涌起，彰显了诗歌新的生长状态。我们在今天回眸打量，那个时代的文风和形式、内容多模样、多棱角，正是因为当时的青年人刚刚走过那一个独特的时代，诗便为他们心声的代言和情绪情感的寄托；那一代的年轻诗人，书写了那个时代的诗歌记忆——不过，俞敏是不甘于那时朦胧诗等的桎梏，于是，他在摆脱中不断试验、创新，再试验，再创新。显然，如今俞敏诗的笔锋，较过去多了格外引人注意的冷静、深刻，他以他的诗心、他的诗理性、他的风骨抵抗着，使诗不流俗、

不跟风,他在《习惯的悲哀》中写道:

> 习惯固有思维/心灵的眼睛就会暂时失明
>
> 习惯善良思维/毒蛇的红芯就会侵入你的体内
>
> 习惯全神贯注/周围的景色就有模糊的背影
>
> 当习惯变成方式/锋利的刀刃会随时划破你的喉咙
>
> 当习惯成为习惯时/黑暗正铺天盖地向你赶来
>
> ——诗集《隐匿的星辰》

我以为,俞敏着力整理出版《越过山顶的太阳》,是在试图突破以前的写作角度和维度,从这部诗集的名字,就可以看出俞敏的如此用意。从星辰到太阳,本身就是巨变,是一个隐匿诗人对诗歌长达数十年的思考和无限自信的勇气在井喷。

在这本诗集里,你会看到生命中理性的万物——诗人看到的、听到的、遗落在记忆里的事物,还有对日益逼近的未来的预见……它们都充满理性地按照自己的生命展现方式存在着，或静默，或不徐不疾地行动着。当俞敏用他充满力道的词语记录它们的时候，诗人独有的内心的细腻，把词素的渲染力成倍地扩张。即便在一首诗中，某几个意象看似毫无关联，但当这些意象如一处处滴落在纸上的色彩般渐渐交融混和在一起，那重新显现的颜色，就是诗人理性地向你袒露的心绪在静静流淌。

俞敏的一些诗看似时间和空间无序、跳跃，诗中出现的形象也彼此丝毫无关，但这种无序、跳跃和无关，其实是用诗的方式在解释一种必然的定律。事实上，这些毫无关联的事物并未被刻意地铺陈，而是俞敏在诗的眼睛的注视下，顺应着诗心的律动，摘下活在世俗间的面具，把自我融进万物，于万物的命理中。唯有如此，才不辜负生命的真实，才能抵达生命的真情。

我刻意回避这样的表述/你指点的江山让我喜忧参

半/我不知道这些自我暗示的文字/会不会在今夜失眠/它们一遍又一遍围绕我的过往/奔走舞动

  这些苏醒让我站在陌生的城楼/羞愧万分/我看见了朝圣的白云/看见了体内颤动熔岩的呼喊

  回望过去陌生的面孔/我热泪盈眶/它们如今各自散落野地/这些曾经海底的礁石/这些带着露水、带着喜悦的野果/在一声声的呼唤里/都刻入我慢慢长成的骨肉

  ……

——《回望过去》

  也许江南的吴侬细语,赋予了江南人的多情、柔韧、温暖的天性。在俞敏心里,诗性是包容的、善良的;诗说的话,是华丽美妙的,是真实的——哪怕这种华丽美妙和真实并不存在,也不影响它们诗的存在,存在于诗的理想中——从而哺育着真、善、美,成就真、善、美的土壤。

历代诗人浩如烟海的诗作,接续滋养着中华民族生生不息。诗歌给予了我和俞敏,以及千千万万中国诗人太多的深情祝福和一次又一次启航的梦想,给予我们对待学习、工作、生活的勇气和智慧。无论到什么时候,诗歌一定会被我们一如既往地热爱,一如既往地追随。

在被诗的眼睛注视的时候,我们注视着诗的星空。

是为序。

作者系中国作家协会会员,中国诗歌学会常务理事、驻会副秘书长。

目录

序　被诗的眼睛注视的时候

第一辑　元旦的窗外

3　元旦的窗外

5　晨起

6　微弱的光

8　晌午

9　春天的路上

11　桦树

12　在石桥边

14　扑面而来的生活

15　薰衣草的芬芳

17　苍穹之上

19　生活的呼啸

21　我总在早晨复活

23　行走雨中

24	等待
26	约会
28	看一本书
29	窗外的风
31	一张纸
33	风刮擦过坚硬地面
35	寂静的清晨
37	看见一些文字
39	等待阳光经过
40	岁月
42	雾在树梢
43	把自己当作一件易碎品
45	路过
47	早春
48	现在是窗外
49	更替我的花儿开了
51	在雪的灯光下
53	越过山顶的太阳
54	三棱镜
56	大雪已经出发
57	清醒

第二辑　我在我的世界行走

61　花朵会随时离开

63　我在我的世界行走

70　长成了这样的树

73　两个不同的地方

75　餐桌上面

76　我和倒影一起走

78　蜕变

79　一个上午

81　秋天来了

83　绕不出这座城市

85　冥想

86　我在世界这头

87　黑夜无法入睡

88　远古的海底

89　不合时宜

91　读后感

92　一幅画的牵引

94　他们和我

96　燕子衔去我的时间筑巢

98	父亲
102	我和你在目光的尽头
105	哲学的某一天
107	许多落叶躺在地上
108	许多年以后
109	我被确诊为一枚坠落的石头
111	走在小路上
112	昨天的日子
113	耳朵里的翡翠
115	山涧
116	错位
117	拉开窗帘及其他
119	读一本诗集
122	江湖
124	小可爱
126	间隔50米
128	11月6日的奖章
130	救赎
132	半个世界
134	前世

第三辑　一枝夹竹桃

- 137　替代
- 139　早春之想
- 140　玻璃窗的春天
- 141　彼岸
- 143　一枝夹竹桃
- 145　无人值守的领地
- 147　另一个城市的太阳
- 149　听完一个故事
- 151　前沿
- 152　与会
- 155　路途
- 157　放纵
- 159　湖边（外一首）
- 161　每一个日子都要温暖
- 163　冬天来了
- 165　靠海的地方
- 167　阅读的回声
- 169　好看的天蓝色
- 171　一块白板

173	田径场
174	遇见过往
176	晚起的山茶花
177	当旋转的鸟鸣漂泊过一夜
179	等待
180	清晨
182	边界
183	我和羽毛的距离
184	风站立在树荫
185	走出去
187	2021年,高考结束时的野象群
189	无声地呼唤
190	接近中午的时分
192	一株生动的植物
193	安静
195	访云顶冰臼遗址
197	秦淮河遐思
199	蝶变
200	微风吹来
201	一群锦鲤
203	扇动的翅膀

第四辑 月亮在天上

207　当光亮被遮住
209　那燃起的火
211　看月色
212　月一直在天上
214　灼热的天空
216　外面的秋雨
217　凌霜
220　夜的所见所闻
222　勾引
223　回望过去
225　风把寒气逼进了我的眼睛
227　天色渐晚
229　我把这些山脉掐断
231　种子在月光的碗里休眠
233　夜归
236　看见夜色
240　夜航的船
241　失落的园区
243　夜光曲

246 我起身走向昨天的月亮

248 视觉

249 旅途之中

251 风暴

253 从头再来

254 光冲出了他的身体

256 夜晚的灯光

257 复活

258 天边的云

261 火车从光芒四射里开来

262 出门

263 有人在钓鱼

264 冬至夜

265 一个下雨的初秋夜

267 太阳

268 黑夜与亢奋

270 后记

第一辑

元旦的窗外

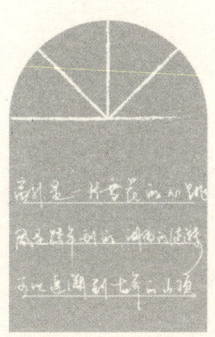

元旦的窗外

窗外是一片雪花的心跳
风是跨年刮的,湖面的涟漪
可以追溯到去年的山顶

从昨晚开始,花不停地公转和自转
露台的两棵树发出岩石般的呐喊
新与旧的分娩,在冻裂的水管里
发出清澈而透亮的声音

新年从一片面朝天空的小小湖泊开始
它们之间的对话短促有力
其实这更像是一声远程的问候
新年的潺潺流水在我的大坝前被积蓄起来
等待一个温柔流放
这些在风里断裂的昨天
那些已流逝的星星,则开成来年幽香的兰花

新年的早晨是最容易渡过的
除了几只早起的鸟
那大片大片的芦花在白霜里

被刻成一行行文字
连同不断飞翔的麻雀
被另存为新的开始

翻过这幅窗帘就是元旦的阳光
新年的祝福更像云雀欢欣鼓舞的脚步
不容分说奔来
细碎而密集

        2021-01-01

晨起

一片树叶贴在床上
夜还是黑的
炉火已开始燃旺
鸡鸣
就着昨夜的光
叫了又叫
掐断的声音
重新藏进怀里
半睁的眼睛
有一半是火花
第三次鸡鸣时
花朵准备下地
而我
准备承欢雨露

2020-11-17

微弱的光

此刻的城市是静止的
就像我刚苏醒的眼睛
在昨天饱满的天庭
布满水汽

我沿着指路牌前行
正前方的一座楼阁
打破了天地的分割线
就像被几只手精确地拿捏过

昨晚走过的路都长满植物
唯有河水未起波澜
搭着小鸟的翅膀
就在这些过往的日子
就在这样的晨曦中欢快飞散

我是一粒行走的尘埃
气流、鸟鸣和噪音
随时,都能将我掩埋

我把最后一点微弱的光
藏在了屋檐
那个可以遮挡风雨的燕窝

       2020-12-02

晌午

几只蝴蝶悬停窗户
晾晒心事
蝴蝶转身的时候
阳光射入房间
照在我散淡的脸上

微风中飘落的三角梅
是昨夜素色的信笺
它震动翅膀的声音
写满了秋意

一只茶缸
虹吸了我的时间
我无法预知
这根羽毛
是否醉卧在昨晚的
一池宿墨里

2020-10-05

春天的路上

在春天露头的,
多半是希望或毁灭。
就像被埋葬的黑土地,
看不见华灯初上。
只有受孕的叶子泛起白光,
在春风里微微弯着腰。

那么多,我亲爱的人,
在花开的春天走来。
在山坡上,在迟开的映山红里,
他们的背影装满了我低垂的泪。
我和他们,
从来没有那么亲近过,
中间,隔了一朵白花,
那是我无法触碰的。

路边,被思念蚀刻的峰峦,
云雾缭绕。
我不知道能不能轻松
走过,走过这个春天。

要么和泥土在一起,
要么和激扬的雨水在一起。
等到林间空气清冽,
有一顶帐篷可以自由进出,
等到所有的花都开了,我会蹲下身子,
清晰地叫出它们全部的名字。

2021-03-14

桦树

一排沉默的桦树
立于冬的边境
守卫
冷峻的白
和一枝翌年春色

它们提前
为冬天预留雪窝
它们会在
春天到来之前结痂
让树梢长出年轮
迎娶报春鸟

水汽会凝结成海
眼中的冰凌
被盘桓多时的阳光驱散
成为清晨
仅存的一片叶子

2020-12-20

在石桥边

石桥,飘逸的裙裾
挡住半湖水
浅浅的笑倚在黑瓦白墙
成为题记
你侧身在台阶上
像一株素雅的花
幽幽绽放

你和酒的醇香
酿成一袭粉色
自下而上
你尖尖的脚步
踩走了往后的时光

太多的星星需要回忆
火车的声音和电话的铃声
把你洁白的羽毛铺满了
秋天那不知所措的婚床

湖边,茂密的森林

在一个人头攒动的空间
你出其不意地盛开
让错位的星光
布满了天穹

清晨,你沿街的一头
乌黑长发
掠过窗前
你芬芳的模样
流霞遍地

      2020-10-30

扑面而来的生活

曲蜷了一夜的落叶
尚未苏醒
晨曦熔岩般开始蚕食
街面，星星点点的眼睛
透着惺忪的烟火气
早起的人们
拉扯出几枝生活的花瓣
把希望交给明天
交给霞光里
一群冲天而起的云雀

生活总扑面而来
摇摇晃晃地
让你，不停地选择
进口或出口
要么，丢弃在路边的果壳箱
要么，行进在歌声里

2020-08-21 嘉兴晨练

薰衣草的芬芳

那是一片沉睡后苏醒的薰衣草
那是过冬后的
容光焕发
在九月盛花期的骤然偶遇

你被我扦插在一个个文字里
那淡淡的芬芳
从几千里以外的山庄
都能闻到

风微微掠过
修葺后的山坡
薰衣草的一头浓密长发
垂落于黝黑的石林

我举起
插入泥土的手指
在迷离中渐渐走到了
花香通体的尽头

一遍又一遍
握紧我火热的手
薰衣草湿漉漉的
声音在半空中翱翔开来

          2020-09-20

苍穹之上

苍穹之上,白雪是静止的
这静止与蔚蓝的海岸线保持默契的疏离
无数变节在这崇山峻岭的云海
盘根错节
微微倾斜。这个世界随时可以
迎接或告别人间

这苍穹之上,海水是蓝的
这蓝色和白色让中立的缄默
均匀覆盖
让不偏不倚的目的地
真实地起降于白云腹地的每个人

苍穹之上,需要虔诚
终究逝去的云海
都将接受善与恶的洗礼
让泰山或鸿毛匿名于墓碑
让地狱之火煅烧罪孽骸骨

苍穹之上,当气流刺痛耳膜

这是清醒前最好的忠告
在翱翔的海面上放低翅膀
在失重的山脊线上保持雪线的孤独
让内心敬畏的雪莲花静悄悄开

         2020-10-12

生活的呼啸

风在耳边呼啸
我看见一人坐在路边的长椅
等待
修补肉体的窟窿
或迎候几根欲望的手指
我其实和他一样
只是隐藏在风里的拐角
远远瞭望

一片石头叶子
走在路上
和许多人微醺
和大小故事们擦肩而过
就像一块南宋的青砖
寂寞地躺在几个朝代的御街下
压在尘埃里,隔海相望
等待一朵莲花泅渡

上班的人们行色匆匆
他们身上的装扮

散发出昨夜的活色生香
我混入其中
像一片扔入水中
慢慢舒展的干柠檬

        2020-09-02

我总在早晨复活

早晨起来
一片落英缤纷
依然有几张旧时的面孔漂浮
一枚迟到的无花果,在口水里
从干瘦的城北走到丰腴的城南

注定是昨夜的火,洞穿
海水和瓦砾
在乌黑的发间点亮一盏灯
让我染雪的裸露
止不住一场悲伤

一个熟悉的电话挂在废弃的烟囱
我想起失明的眼睛
正越过桥洞
阳光在清晨微汗的皮肤徘徊

我总在早晨复活
不带走鸟鸣和风声
只有一首静静的诗

在鱼竿的追逐里
晃动不已

            2020-08-28

行走雨中

在清晨的街头行走
湖水是一枚怀念的水滴
微雨制成的花环
缀满了剔透的风铃

我是老屋那根黑黢黢
空虚的横梁
即使江边的亭子沉沦了
飞鸟也要在此停栖

闷热的清晨
我被漫山遍野
盛放的雨花所簇拥
总有些故事
没有开始就已经结束

2020-07-09

等待

闭上眼睛
一排排的天窗
在黑夜倔强地苏醒
失眠的星星
掉落在启航的日出前
我紧张地
准备一瓶清冽的甘泉
阻止羊群
追逐丰美水草的引诱

我将用毛孔感知
湿润田野的
韭菜花
在低吟中欢愉
我用修剪过的笔
画下
一幅喘息的菊花
那是秋天最美的花

催生的声音

反复响起
就像我层层盔甲
覆盖下的记忆
那狭长的甲板
曾经布满褐色的海藻
这些在初阳台留下的文字
和清晨的雨花
使一些再生的影子复活

我秣马厉兵
给海螺漂染些凝重的青草气息
预设温热的岩洞
离岸之花的两次
燃情绽放
欲望的原野
夜躁动的声音
在空谷响彻

2020-09-19

约会

奔向一朵荷花
相约在庙宇对面的
涟漪里
见面

汽车尾灯
烧红了一条路
路人
焦灼的心
也遍体通红

雨水顺着车窗
慢条斯理地淌
也顺风顺水
流入了荷塘

两双手轻握
步入小径
灯火阑珊处

站立着
一盏红袖添香

                        2020-09-17

看一本书

风踮着脚尖
在竹丛飞舞
云低垂
千里迢迢的
记事本默不作声地
进入秋季

一个上午
被几封家书压弯
三十年代上海的
一座寓所
他抽烟的样子
忧国忧民

黄浦江只是衬托
风才是主角
灯红酒绿后的街道
没有落叶
干净如洗

2020-10-04

窗外的风

风从窗户的留白处
缓缓地吹
从平地到沟沟壑壑
直至拂遍我虚度半生的躯体
我血管里的白色鸥鸟嘶鸣
它们已不能自由撒欢
它们必须每晚
卧槽月色

窗户每天的留白
有不同的面孔背书
就像我每天躺下的姿势
总在冲突中平和地回归
让眼睛在开合间
呼吸到清澈
安心如兰的气息

为了让我
穿行纷繁混浊的昼夜
让血液的真理

饱满鲜红
风,有时会顺着窗帘
微微摆动
顺着树梢,顺着蛙鸣
甚至顺着一本书的脊背
来到我面前
让我在起身之前
面向洁白隐退的月色
祈祷鸟鸣时的露水
夜风吹动时
我随时可以坚强

2020-10-19

一张纸

你说的话
像旧时屋檐顺流而下的雨水
妥帖,自然
更像是一堆刚归垄的成年秋麦
温顺,无语

你说用一张纸
可以证明
你的海鸥在波浪之上飞行
你的青苔返青尚有张力

很多时候
人世间的通行
必须有一张纸
而这张纸
有时,飞黄腾达
有时,会悬梁自尽
偶尔,也可采菊东篱

历史

也是一张蹉跎的纸
稍不留神
就被反复浸泡
搓揉得
更像一张
可以通行的废纸

        2020-10-04

风刮擦过坚硬地面

菩提珠悄然落地
声音冷得像刮擦坚硬地面的北风

天色变暗
夕阳,在车窗后缓缓降下
当我的手遇见温热
那一定是湿润的花儿开了

很久以前,是一场飞溅的雨
让我悬停。在树林的边缘
像一片深夜倒仆的树叶
接受迷途雨水的反复捶打

我不知道
我被正午的阳光
猛烈地照射了
它还将继续照射
直到月亮的底板遍地伤痕

一道淡蓝的光注入

你的躯体
当一切都飘浮成几朵云
我紧闭的双眼
撞开了怜惜的水花

转经筒的声音
掠过
被风刮擦过的坚硬地面
漩涡渐渐消失
它弱小的心跳
遁入了空门

2021-07-05

寂静的清晨

四周一定是寂静的
眼睛从一条狭长的缝隙中
迟疑起身
水顺着眼角唤醒
一声叹息
这短促的声音
多么让人安心
让人心生欢喜

风和鸟鸣打破静静的涟漪
他们只是动了一下
或许他们一言不发的沉默
是凝视水面是否存在
生命的迹象
他们打破了常规
也碰瓷了书本的字里行间

四周还是静的
清晨的手指在沉睡中有力地苏醒
他们乘嘈杂的世界

尚未仓促起身
在苹果树的草地上
等待从天而降的果实

水边也是静的,包括这座房子
这个穿旗袍的房子
用一把古琴调情了早起的候鸟
用一扇葫芦门别样地离开
寂静中,这些场景
挥之不去

2020-10-20

看见一些文字

看到这些文字
如今没有丝毫波澜
甚至连叶子的完整形状
都无兴趣触碰
这些故作的,用手或光线还是用虚拟的
烟熏火燎堆砌的
在我看来已是众多的面具
这些分发面具的只是在三维空间
还有一些是属于尚未彻底暴露的四维空间
这一切已不再是秘密
我漠然地看着这些水在浪荡
他们在光鲜地浪荡
就像曾经的我
这些层层叠叠周而复始的
会乐此不疲地进行下去
他们会在树的枝头停顿发芽
有的会在水中自溺
或以另一种天使的面孔出现
这些畸形的矛盾的自虐的影子
让大批的星星面面相觑

他们眼中的迷茫像十月的草原
空洞而寂寥
他们眼角的泪不知不觉地流淌下来
不知道何处何时的堤坝能截留这些
无处生根的子民

          2020-10-21清晨

等待阳光经过

白霜沿着原路折返
化成枝头的一行谚语
旭日的台阶
升温
半边脸的城市
开始奔跑
他们是热烈、急促的
直线距离最短
可以直达心底
路边
盛典后的一抹蓝色
孤零零的
风不再掀开她的衣角
诚实的天鹅在池边喷水
它们似乎都在等待
经过十字路口
一缕悠长的哨音
在阳光里吹响

2020-11-13

岁月

一群飞鸟在上空盘旋
它们不知疲倦地飞越树林河谷
它们还擦着狗尾巴草
甚至从一长溜蜗牛的头顶飞过
那都是一个个漫长的白昼啊

窗外,一幢高楼迎面而来
它的守旧严谨
都曾在我宽阔的耳边停留
它还没长大的时候
我已度过了我的青年

楼下的两只石狮还在
养石狮的人已顺着黄河远遁
它们来时戴的红绣球
散发淡淡的草药香
昨天,我把一束八年之久的艾草
塞进了它们的嘴里
填补一段思念的空白

门被打开,几张纸走了进来
一行行文字充满了不确定性
我告诉它们,东西南北的墙根下
都长着可入药、长精神的草
这些文字的红斑才渐次隐去

一串金属声比我的想象来得更快
它们一定通往这里
它们不是每天来
它们来的时候我总像个苹果
摆在最佳位置
露出一点红润
其实,我早就在山野注册
那温暖的草垛
炊烟里的狗吠
那都是我最后的归处

2020-11-05

雾在树梢

雾在树梢，在鸟的唇边
太阳光芒涌动
冻僵的手指和滚烫的心
于雪线分道扬镳

我不止一次来过这里
周边房屋在太阳的风里
一直蜕变
它们有时装作春天
有时却像冬天尚未结冰的玫瑰花刺
在一群人对另一群人的收割里
发出无声的刺痛

它们都在
一条叫海的路上沉浮徘徊
它们把火焰，倒映在高楼的玻璃窗上
让耀眼的光亮
在一个落叶满地的早晨
被一场浓雾永久地记录

2020-12-20 富阳

把自己当作一件易碎品

蓝色的火焰从心底升起火舌。
它的上面,是被压抑的两座小山峰。
急促的鼓点,在火焰的控制下,
犹如一匹冲破马厩的野马。

在昏暗里获得过的那些赞美,
是易碎的灯光。毫无头绪的酒香就是一面歧义的旗帜。

关于刻画,关于一只老蝉。漆黑的笔画,深深地嵌入
　朽木。
那是窗台上一队驼铃声,如火如荼的夕阳悬在空中
　行进。
进门左侧有一幅画。你们的眼神如孪生兄弟般叠加,
　而我的索取则是一纸空文。
我的诗就在你黑漆漆的蝉边,准备随时用火焰吞没。
让每一个看它的人充满迷幻。我准备给它插上一对翅
　膀。带上红红的烙铁,将滚烫的语言烙刻于你的
　额头。

这些为他人准备的语言,是一群或几只鸟,

在密闭空间里不停地舞蹈。像一只充满氦气的气球，
　　最终悬顶在天花板。
我把一件旧外套扔进垃圾箱，然后裸身出发。

水还没上升到深邃的高度，它缓慢停留在一个安全的
　　刻度。然后去制造新的点击。
它将打碎所有的链接，模糊土地和植物的边界。它最
　　后，会吸附在某个肉体上，
用一股极其幽静的茶香，在颅脑结出奇异的释迦果。

趁太阳还没有出来。
趁鸟飞走还没有回来。我决定把自己当作一件易碎品，
　　轻拿轻放。

2021-11-17 清晨

路过

鸟鸣
像一节飞了一夜的食指
将清晨的额头啄醒
天,淡青色
泛着金边的溪水
和一株刚出土的野花
站在一起
迁徙就从山脚开始吧
把太阳行进的面具戴上
湿润的歌声即将响彻大地

透明的风,从山上吹落
一直吹到高大的树梢
时空低矮
在我发暗的背后楔入
途经的肉身和骨架
太阳在浓密的树叶里
暗色四分五裂

谁在等待

今夜的烛火开口说话
谁又会唤醒寂寞长廊
一个个入眠的魂魄

2021-03 校园

早春

春天的芽有些错乱
我看空的手也拨错了节气

水中,岁月倒映的头颅
被森林的阵风吹皱

今年的春花比烟花开得都早
晦暗淡去
鸟鸣就可以在枝头吐翠

我的左右手臂已经种上了
护卫早春的梅花

我身上,还有许多这样
准备入春的梅花
它们的开放和凋零
让山里的杜鹃
和外界有了一段隐秘的断离

2021-02-12

现在是窗外

手一挥,
将世界短暂隔离。
接近午时的帆
变成折叠的翅膀,在地平线航行。
迫近的海浪在继续,
汹涌的时间也将继续。

现在是窗外,
飞逝的每一片叶子都在倒退。
唯独我,
和那些只能在隧道里出现的光,
被迫开放。在灰色坚硬的座椅上。

喊醒我的声音,
在我的身后响起,越来越远。

2021-06-07

更替我的花儿开了

一棵树
在蓝色的天幕
被金色的手臂高高擎起

洗刷过的万物凝固
唯有风的伟岸
环绕双腿

许多的事
齐齐藏进了鸟鸣
埋在
遥远的皂角树下
等落地的果实青涩。反弹出
童年的花蕊
踩踏过的
汩汩流出浓稠的旧时光

阴郁的蝉鸣
是一声烈焰
那优雅脱落的蝉蜕

落入凡间
更替我的花儿忽然开了

           2021-08-27

在雪的灯光下

在雪的灯光下
海、峡谷、稀疏的叶子,几缕秃发
一只胸腔发声的鸟与我的肠鸣相呼应

灯光里一株饥饿的植物吐舌蔓延
低垂的紫色窗帘掩埋我潮润的呼吸

腹部曲蜷的温暖
在坚硬和柔软间游走
好像种子落在荒漠,搜寻千年胡杨失联的根系

我一旦起身,身后急促的蹄声就会漫过
刚站稳的身形。一声金属的脆响在冬夜
开出冷艳之花。欲望的耳廓在寂寥的夜空
放大

破碎的波纹,锯齿般的外壳,算不上浓烈的香
在嘶嘶作响的如潮火焰,煅烧
几乎遗忘的坠入心底的名字
被夜的树杈在沸腾的水面打捞

反复端详。直至天穹短暂封存
一轮黑月

我的身体被贯穿,一股热流漫上面孔
在原地轮回

2021-11-09 凌晨

越过山顶的太阳

手在风里
大大写下
春天那飞扬的诗句

几只鸟
沐足在乳色的晨雾
那海棠花般的啼鸣
恰似荒原一束蓬勃的光芒
高扬而宽阔

越过山顶的太阳
在风中
忘却自我
那光辉的波涛
燃亮了每一处山坳

2021-03

三棱镜

太阳照进带疾的躯壳。
温热的指关节,没完没了地叩击
无眠的胸腔,
浪潮涌至喉结不可回收。

一只带着银币光亮的电话,
它缓缓的语调
犹如硕大无比的眼,
准备楔入体内,窥视。

一个几乎封闭的房间,
我和茶杯散落得毫无戒备。
深褐色的光线,
彼此入侵。利刃下方
一些空洞而细碎的血丝渗出。

在嘈杂中看书,看一个受刺激的人
从远方的屏幕,径自闯入身体。
他的双目,是一场忧郁的死或灰霾的大海。

一只高空砸落的皮球,在身体的墓园
滚动。滚出好远才慢慢止步。

他们,把手伸进了一个伤口。
告诉我,复仇是甜蜜的。
继续向前吧。

2021-12-18

大雪已经出发

在夜里,我听到一阵水花。
你是从黑暗里来的,又隐入黑暗中去。
在寒冷的冬夜,你的经历正划破鱼的脊背,
倒退进你的身体。
你从泥土墙汲取的能量已经消融。
你尽情踩踏黑影之手欢呼。
前面的桥洞低矮。灯光是即将穿越跨年的厚厚灰烬。
　覆盖冬日的
大雪已经出发。我竖起的衣领停留在十字街头。
有人背对我,在黑夜伪装过的麦芒胸口,安放了两团
　橘色的火焰。

2021-12-29 返家路上

清醒

所有的精力被长夜收纳。
坍塌的峰谷无法感知,
也无法再预设一个回头。

每当这个时候,
我不发出声音。
城外,高墙下
兀自站立着
一片悲沧。

我现在已经想不起来了
夜的雪地。那些
承载了许多年,甚至上千年,也没有开挖的
逝者封地。

唯有事后。才能将这些畅饮过的物件
重新反刍。才能厘清草稗和麦穗。
才能在渐渐忘却的空气面前,在依然有雨水流淌的窗外
让脚保持一种自省的法度。让躯体继续以着床的姿态
触碰痛楚与醒悟。

2021-07-29

第二辑

我在我的世界行走

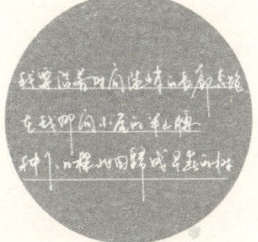

花朵会随时离开

花朵会随时离开这个世界
就像我会随时倒下
总在猝不及防的时候
或是在黑夜,或是无法预测的道路塌陷
或像一只惊鸟撞击玻璃,或是
一列不回头的雪国列车
冷静注视塌陷的躯体
留给我的时间究竟还剩几个回合
是冬天的头颅有了裂痕,还是
银杏树被冰封,风吹落了全身的翅膀

我尝试着像松针一样离开草原
缓缓上移,就像慢慢堆积的雪,神清气爽
我尝试像芦苇一样弯着腰,希望
看到俯视过黑暗后的一点光明
我用手指清晰地点开几枝离线的玫瑰
它们的妖娆,它们分崩离析飘零的样子
我把眼睛埋入厚厚的被褥,等待
阴郁或明媚的脚步

我尝试着离开船,像往常一样
来到铁路边茂密的小道
向无人搭理的阳光致谢
我尝试着远程启航,向灯塔双手合十
当一封深夜短信面目不清地来到我身边
我无力推开它,我只有在黎明时
再梳理一遍它们的羽毛
然后像一列被冬天截过肢的整齐树干
在阳光里留下寂寞恍惚的倒影

         2021-01-03

我在我的世界行走

1

我往冷水壶加了热水
调和东方和西方
既不浪费感情
也留足了余地空间
让手摸上去
不温不火
恰到好处

2

昨晚消失的鸟鸣声
又来了
已不再单调局促
四五种声音
同时悬浮在树叶
我只听见
喜鹊的沉稳有力

3

一只小狗刚刚醒来
前拉后伸
我转脸看它时
它伸出温驯的舌头
小心翼翼地
舔走我所有的晦涩

4

天上没有太阳
昨天的预约
也没有如期而至
我不能移动身体
只能放浪自己的灵魂

5

深夜电话
总是忧郁的
沉闷的语调像
转基因的种子
既不能让黑夜灿烂
也不能让春天抽芽

6

垃圾桶里
有一条烧焦的鱼
这是一条首身分离
美味许久的鱼
它缘于我的贪婪
也毁于我的懈怠

7

胡子拉碴的昨天
干涩无光
我来不及清除
自由的生长
有时比面部的光洁
更令人欢愉

8

它蜷伏在沙发上
等待我的声音或举动
它从容不迫
清心寡欲的样子
让我心生愧疚

9

一个充满戾气的声音
在秋天的拐角处停顿
然后绝尘而去
缘于几秒的阻挡
那愤世嫉俗的怒草
让人忧心忡忡

10

在深秋
把脚伸入温泉
储备许多
从下到上的温度
徐徐地
让脊梁发热
让额头长出新的花蕊

11

人活着就是一座山峰
死去便为平地
没有人能知道
什么时候
被削峰填谷
夷为平地

12

生活是双面胶
黏住了幸福
也黏住了生死
生活也是保鲜品
过了保质期
便错失一生的时间

13

我在我的世界里
行走
我的脚自由而浪漫
唯有搁浅的书
顶在了我
微汗的背后

2020-10-18

长成了这样的树

1

若干年后我也长成了这样的树
只是无法标注地名
收不到邮件的地址
亘古不变
玻璃世界在白天和黑夜间来回奔跑
翻越一座座高山
掠过我海底的洋面
将千年以后的坛坛罐罐预埋
或者刻一艘方舟
在云端的图腾
让揭秘的后人们
拿着石锤不知所措
我知道
世界也终长成一棵树
在它银光闪闪的树荫里
纵使万马奔腾
也渐渐归于沉寂
只在历史的鼻梁上
留下一支笔和一块黑色的橡皮

2

若干年后我也长成了这样的树
只是不知道
走过的路是否还在
是否还能在春风里结伴而行
让阳光温暖地覆盖
我一定不再优雅地站立
不在一个城市里浪迹天涯
不在一片山野里踽踽独行
我一定在天空
与鸟鸣作伴
与黑夜为伍
等待闪电的到来
剖开身体
掏出一把月色沧桑的枯叶
化作袅袅升腾的飞天

3

若干年后我也长成了这样的树
阳光笋尖般落在
镌刻回忆的脚底
等待风过人后
荒凉的一瞥
我的房前屋后
不再有滚动的喧嚣
不再有翅膀挥动的生机
只有秋色站在我的失忆里
静静缀满前胸
一堆微弱的篝火
在指尖燃烧
在旷野浅笑
只有蒲公英还在树荫的
灰烬下
吟唱一首隐匿多时的老歌

2020-09-05

两个不同的地方

我睡在两个地方
一个在下午,一个在晚上
一个在唐代,一个在宋朝
我倒卧在
唐宋间那片泛青的芦苇荡
阳光和月色潋滟
轮番照亮
一团淤积多年的乌青
你是八音盒里
白色的裸鸟
披着那件紫薇的外套
在水里
独自撒欢

我把前朝的一根羽毛和你
深深地斜放在四合院的
东西厢房里
白天在东边研墨
入夜在西边书写
一枝红梅淡妆浓抹

攀上花墙
然后折东向西
逶迤而去

       2020-09-20

餐桌上面

剥开别人其实也剥开了自己
很多人进进出出
一些梦想在餐桌的边缘被敲碎
我埋首在雪白的牛奶里
在悄悄见底的时候
独自抽身离开

密闭的空间
我们屏住呼吸,伪装成不同的鱼
看得见你的眼睛看不见你的手
空气吞吐了彼此的肉体

现在
我多半时间是静止的
习惯坐在各自的餐盘里
习惯勒紧裤腰带
淡然拢着一对灰色的翅膀

2020-08-28

我和倒影一起走

我和倒影并肩走动
水里有千年的烟火晃动

路被劫持成宽窄不同的两条
它们都离海很近
它们挽住陆地的手从未松开

餐盘里的两条海鱼
张大嘴告诉我
那座有故事和残骸的岛
那些离乡背井
空无一人的乡愁
如今都已被遗忘
它们被海风扯得粉碎
只剩微弱的光
保存在
随时塌陷的思乡时空

一条路可以长到很远
无穷无尽

也可以短到无法驻足
等到我的双腿
地老天荒
这条路已换了无数秋色

        2020-12-02

蜕变

我从青年开始蜕变
我把战场从暗夜转到清晨
我孤独的触角也开始延伸
我要在一片霜降之地
迎娶初升或入夜的太阳
获取新生。倾听鸟的鸣叫和扑簌的落叶声
以及思念的感怀
我要沿着时间陡峭的长廊奔跑
在我那间小屋的半山腰
种下几棵北回归线早春的树
阳光照射进来
便有无数的温暖和遐想
顺着多舛的已故青春,渐渐弥漫

2020-12-21 校园

一个上午

一个上午
我躺倒在书本里
当我起身的时候
发现腰带被历史攥住

一个上午
我数着岁月的账单
发现所有的花呗
都在温水煮青蛙

一个上午
我躺在自我里
看见所有的因果
都是自我循环

一个上午
我沐浴在春风里
风停的时候
乌云毫不迟疑压了上来

一个上午
我照看了一片竹林
竹子开花时
四周鸟虫噤若寒蝉

一个上午
我坐在无名的阳光里
午时的穿堂风
快速吹凉我的腑脏

2020-10-05

秋天来了

秋天开始落叶了
这些落叶
比红地毯更加温婉高贵

桂花开始飘香了
这些花香
是来年一段成熟芬芳的情爱

风开始了秋天的游戏
这些风
会在火红的柿子里筑巢冬眠

水开始了过冬的准备
这些水
是秋霞在冰冻之前的禅让

人们开始沉醉
这些人
在和煦的阳光下美好得毫无防备

秋天猝不及防地开始了
这个秋天
是读不懂的温和表情

            2020-09-27

绕不出这座城市

绕不出这座城市
因为还未苏醒
风,静止不动
它比猛烈时更寒冷

无人的大街上
和一辆晨起的汽车对峙
它黑洞洞凝视的眼睛
似昨日江边拉响的汽笛

它比我一生的隧道还要深远
这片暮色苍茫的竹林
在我来年的春天抽笋时
已远去多时

这里的树分成两个世界
就像生命界河
有的雪白
有的污浊

我在路边等待
等待刺槐树掉光叶子
阳光从缝隙间
照亮我身上的每一处铭牌

       2020-11-13 湖州长兴

冥想

以这样一个姿态固定于
昏黄灯光
到处是陈旧的影子

找不到归巢。飞鸟
在经停的空中绝望
我和几瓶暮色的酒同时抵达

看湖里,太阳和他们的后裔
撑出一条远赴雪国的船

时钟来回摆动
几只令人作呕的手指
游走苍茫的地球

到处是膨胀的空气
黑暗中响起
大片雪花、飞瀑和阵阵的马蹄音

2020-08-17

我在世界这头

我在世界这头,而你在那头
隔了一道光线
看不见的是我的眼睛
蒸腾的热浪病入膏肓
如同这天地肮脏残缺的
嘴唇
可以分割心脏,分割谎言
分割白色粉末
掩盖屈死的亡灵
我看着这个世界,看着你
魔鬼的长舌
披上天使的外套
用上帝的福音
嗜血世界
我想从黎明,骑一匹特洛伊木马
屠城你和你的魔界

2020-08-31

黑夜无法入睡

昨夜的鱼无法入睡
按理应该待在水深处
搂几缕水草假寐

时间已被设定,生活的睡袍
皱巴巴地刚醒
想着一本书的封面
和她红彤彤的脸蛋
想着出水芙蓉后的马甲线
在一个固定的原点闪烁

我必须盖上盖子
清空一些自己的脏器
让四肢重新构筑城池
我要让自己日益深沉
戴上枷锁,蒙蔽双眼
只有这样
才能跨越我日渐损耗的尘世

2020-09-01

远古的海底

穿行在远古的海底
海藻参天而起
阳光刺入
曾经潮涌的沧海
在一块鱼骨
留下斑斑的陈年血痕

天空已拉开距离
始终受困于
一枚海螺的遗言
我在滚烫的气流中
在曾经海的深处
疲于奔命
四处浪迹

2020-09-13

不合时宜

九月的临安
飘来的不是桂香
而是一颗久未谋面
即将荒芜的心

时间填满了
逝去的每一座桥
所有缤纷的北上脚印
都是最后的分水岭

熟悉的飞虻
淌过你陌生的红河谷
就像一朵无疾而终的花
漂浮于水面

异乡的风沙,扑打
曾经逐日的少年
那猎猎风尘
早已无人驾驭

一次一次大雁的飞过
虚幻的时间与地点
让寂寞的耳鸣
难以降临

九月里，不合时宜的面孔
让满城出走的桂香
不谙世事
难以释怀

2020-09-25

读后感

目光在午间轮番抚摸
就像抚摸一头大象
他们黎明的脚趾神态各异
长势喜人
我一边数着自己衣襟的裂痕
一边慵懒如风

他们各自都有一把剑
或有一把舞得虎虎生威的油布伞
他们一停顿下来
就装帧成大大小小的镜框
在阳光和目光下
波光粼粼
有的刺眼夺目
而更多的是那些
在诗歌的田野里
被油腻和窘迫拔光羽毛
来不及亮剑的人
他们层层叠叠
尸横遍野

2020-10-05

一幅画的牵引

一幅画扯开了涅槃多年的城墙
大大小小的飞燕喷涌而出
荒芜多年、疏于照料的思绪
自生自灭后的重生再生
就像佛地塔林那满地苏醒的青苔
透着前世今生微光的夙愿

一个轮回砌起了一座桥
沉沦的肉身点燃烛台
引渡一段多年嗷嗷待哺早夭的春天
重出江湖，重回人间
曾经暗自荒芜的一角
逆生长的根须从未停止过
无论多么阴暗多么懈怠
被包裹的心依旧萌透绿意
一个轮回有足够的空间和时间
汲取天地和肉体的精髓
滋养我的头颅我的眼睛我的腑脏
让赤露的双脚纯洁诚实
让我在口吐莲花之前保持尘世间的充盈

这幅画于我而言是个时间扳手
在恰如其分的时候为我开启繁衍
开启执着与热爱
这幅驿动的画
是我前世兄弟为我作的新序曲

        2020-10-05

他们和我

茧的孵化不再取决于光线了
挂在树上这么久,却没有开花和结果
任它们在风中游荡,夜摁住这些
光亮,留下的记忆断断续续
一切看起来轻如悬梯
果实摆放遥远
叶子和曾经盛开的花朵各自归宿
它们都在小巷,夜晚的树上出没过
从未在精彩的纸上停留

不曾预料的晚间
多层的云彩,目不暇接地
让我一边回忆,一边遗忘
仿佛睡入时空的长廊,看见当年
午间的阳光,散发槐花的清香
在拍岸的潮水里走过
那一群群一串串让人眼熟让人怀念的
岁月刚刚沉入抽屉
眼前这些灯光英姿勃发
这是一阵速度很快的波浪起伏

太多的激情如泡沫迭代

很多话和很多酒一样
需要浓度需要发酵
夜晚总是最醇香的，黑色比白色一定更隐秘
很多日子也和很多书本一样
横的竖的，长的短的
他们在厚实的草坪上，在书的扉页
纷纷画上自己的符号和最后一对翅膀
然后隐身或各自翱翔

2020-10-24

燕子衔去我的时间筑巢

最近一直在徘徊
水缸里的睡莲思念成灾
自从河底的柳枝触发新芽
我始终在这个湖面翻土劳作

燕子时常衔去我的时间筑巢
在黄昏时,在茶水氤氲时
我不得不翻开日记本
记录下这些心灵的五谷杂粮

早晨,我看到一个秤砣和一片树叶
它们相互打招呼相互温暖的样子
证实它们来自同一家族

外面有风但没有下雪
温度没有背弃节气
裹着被子背对太阳,你对我说
一件皮风衣苗条得像根
绿色的大葱
里面是雪白雪白的

我看过很多季节
南方和北方的,白天和夜晚的
男人和女人的
这个时候多半是后知后觉
唯有灰色的风裹挟着落叶
干净利落

          2020-11-21

父亲

黑土地的残雪里
风将你幼小的身体刮薄
直接吹响暗无边际
风蚀空,你饥饿的骨头
被一只乞讨的碗羞辱
你发誓要长成麦穗

那年冬天,风很小雪很大
在开国大典的炮声里
在鸭绿江飘来的硝烟里
因为麦穗
你不辞而别
出走成一棵黄绿色的小麦苗
挎起护国的枪弹
与死神一起穿行在
异国的冰天雪地

你如失联的大雁
家乡院落一堆焚烧过的
故土眼泪和纸烟里

被命运眷顾的你
挣扎着站立起来
爬过断裂的铁桥
平安凯旋
后来,你踢着整齐的军步
在京城的蓝天下
把脸坚定地扭向一侧
腰间皮带和军刺
闪闪发亮
那时闪亮的,还有一支扎着红头绳
乌黑的大辫子

你像南飞的雁
降落在军令和冥冥之中
中天竺的茶香飘过很远
汇入灵隐寺的溪水
流入你的腑脏
流筑成永远的家园
不论是前出还是北上
海岛还是山坳

一根风筝的线始终缠绕
在龙门山和护城河边
时代的风云
裹挟着侵蚀着
你摇摇欲坠斑驳的躯体
终于返程,把帽子挂在床头
收藏进了箱底
江南的烟雨牛奶般滋养你
滋养起一个家的氛围
迎春花在风中,不断开枝散叶
不断抽出茁壮的新苗

你从山上衔来一块块砖石
在屋檐下围起了春天
让漫山遍野归来的我们
不受袭扰
你永远把自己隐藏在湖边的长椅上
写入痛苦且晃动的湖水
这一切,让多年以后长大的我们
长久地沉默与失语

再后来
在不断的离巢归巢间
你奔波在城市与郊野
在电话铃声边护花看草
以自己的方式燃烧
直至一场忽如其来的风暴
让年迈的岁月再度飘摇
在风雨中,你依然坚强
以军人的步伐
行进在方寸之间
达观地笑看一切

      2020-10-02

我和你在目光的尽头
——致向东兄

我目光的尽头也是你的尽头
我和你一样
都背负着一堵墙
沉重又充满温情
阳光充足,却已渐渐灰白的天空
长时间的凝视是一种奢望
就像一本书,随时会从手中滑落
我就是要让疼痛少一点
欢乐多一点

我的露台有一盆三角梅,花红叶绿
它的旁边是一盆刚枯萎不久
曾经青春可人的杜鹃
我没有想到在今年秋天到来以前
它会在一片连绵汹涌的雨水里
独自离去
也许,它早已知道
归期已至

曾经无数次设想

我会在黑夜里被铃声惊惧
我同时开挖两个战壕,设置好最后的阻击线
我将安抚好我的灯光,还有我的锅碗瓢盆
我将独自举起一面旗帜
走向青龙白虎的山间

我只有在两个七天之间
或者通过一只眼,来观察是否风平浪静
以及锈蚀的腿是否移动有力
一个与另一个的平衡支点是否牢固
我必须及时作出反应
在大大小小出现的窟窿里
注入水泥打上补丁

通常在有阳光的上午
会在一些老房子里,老巷子里
在旧记忆里找到一些人,说上一些旧式的话
在一张旧的木椅上
找到皱纹里的笑脸

不合时节的樱花也开了
我依例,会找到一只宽大的蓝边花碗
慢慢走进去,然后安静地坐下

          2021-10-31

哲学的某一天

一个人照耀人类
文本和语境互换
说辞只是一种解释

一个人的疤痕
难以证明,一部胡子的正确
无数染过的光
丢失本相

存在的鲜花
是奴役道路的绿植
无法诉说是世界的佛说

两本不同的书
无法复制彼此
它们只是哲学的种子
是饱含张力的独立个体

呼唤启蒙
逻辑里的面包和牛奶

生存是放空一切的唯一抵达

辩证法的嘴角
不时露出
扬弃的洁白微笑

2021-03-19 富阳

许多落叶躺在地上

许多落叶躺在地上
天空碾过它们的心脏
碾过它们的还有无情的车辆与行人

黄嘴鸟的尖叫声
在裸露光芒的创口站立
路边的黄花只截留了
其中,洗白的落叶

远处,一座微凉的山峰
泡沫化
藕断丝连的夜
也将离我
与遥远结盟
那时,我就在
满是星星的落叶上
将自己天葬

2021-03

许多年以后

许多年以后,当麦穗已被收割
不再有麻雀飞过
偶尔的几声鸟鸣会捡起
那些弯曲过的光景
如果可能,也会有一些记忆的尘埃
悬浮在夕阳的河谷
那是一个阴郁的清晨
冷风侵袭。海棠在雨中
被两只欢愉的手臂久久点亮

当掌心的暖意残存
肆意的夜鹭
在一幅春天的油画里重新集结
桥头,那泛青的记忆
或许会在布满灰尘的温热里点燃

一本书合上扉页
此刻,那镌刻在书脊的雪花
飘落在桌上,慢慢融化

2021-01-23

我被确诊为一枚坠落的石头

几十年,雪藏的阳光
从我幽暗曲折的身躯出发
唯一的王者隐身
没有枝条的手掌掀起大波
此时,白云依附在混沌的足底
沉沦

身体开始凹陷,泥土发出救赎声
头颅像风中的旗帜,猎猎摆动
眼睛面朝大海
瞳仁里是颤动的波涛
我是一枚围栏里
被确诊的坠落石头

我侧卧在30度黑的斜坡
像重生的虾米
像一枚定海的神针
任浓郁的海水缓慢起伏

鸟开始在空中止戈

它则继续屏住呼吸

保持着隐匿

让我与海水一同倾斜

        2021-01-06

走在小路上

小路上的风
冰火交融
深秋的蝉
在悬空的树洞
如一团暗火

一列火车
驶过落日的蜂巢
尘封的锁骨
被辗成一道道轮毂

我不起眼的躯体
是时光的一个折返点
白云静卧
风,越过我的头顶
继续飞翔

2021-08-27

昨天的日子

昨天的日子
你乘车离开
洁白的花蕊
迸裂的纽扣
都齐齐飞散空中

我无法
给你光芒
只能把声音
虚掩在风里
让一声鸟鸣
在跌宕的气流里
洄游

2020-03 杭州

耳朵里的翡翠

不知道耳朵里藏着这么一颗翡翠
在夜深人静的时候,它悄无声息地脱离了我的五指山
顷刻间,我像一头迷途鲸鱼
海水塌陷,排山倒海
很多器官在一刹那被停牌
电光石火间,我看见了很多高低不一的雪峰
几双呼喊的大手和小手,还有半幅焦虑的油画
它们停顿在灰白的记忆传送带上
呼吸急促

一艘破损的战舰从我的颅内驶出
即将在布满油污的浪涛里停泊
它们最终会选择一座灯塔或一排礁石,永久扎寨

风吹过多时,天空已无法再黑
当身体被折成方块
快递般被送进四面透风的车厢
这块翡翠才慢慢浮游进我衰弱的内耳
在停止哭泣的海平面慢慢起身

直立的鱼鳍触礁沉没
我的鲸喷,那支缠着红绸布的小号角吹响了

            2021-01-06

山涧

山里空无一人
只有我和
尚未返乡的春天
双目对弈

鸟鸣在自由滑行
甲骨文般的树根
盘桓在山路
几块青石蒙面
端坐掌心
竖起一双忧思的耳朵

远处的钟鼓声
从云端,节节跌落
溅开了几朵无果的落红

一垄茶树
斜倚梯田
阳光和空气依次陷落在
它们深凹的人中

2021-02 登山

错位

我缓缓移动着位置
惧怕蓝色的海水再次从双耳喷涌
发出巨大的不能自持的轰鸣
我要让自己像陡峭的悬崖
尽量与海保持垂直的视界
让颅内的白色云朵和鸥鸟保持温驯

我的脚底是一块雨季青砖
它们已被失调的水渍灼伤
我把清贫的手按在森林富裕的叶子上
我的手也沾上了这些共谋的水汽

我将自己摆上与海水决裂的位置
让躯体浮标般蠢立
在一颗缓释胶囊里
我的眼睛将倾覆的世界缓缓扶起

2021-01-06

拉开窗帘及其他

拉开窗帘,一些直立的光透了进来
让我看见亮堂且孤寂的天空
而我的星辰也被黯淡散去的波纹收纳

时间蛰伏在秋的反斜面
漫天的红霞灼烧
花朵,依旧是一副童贞的模样

我被一座雕像扯住衣袖
这座我童年的父辈雕像
此刻,在秋日的湛蓝里
紧闭双唇
肃穆的神情高耸入云
不远处,一头沧桑的老石狮
它乌黑发亮的腹部
陷入沉思

远离美丽的湖
头顶炫目的光亮也随之迁徙
我更适合在斑驳的树林

与自由的昆虫们不期而遇
在虫鸣的飞絮里随风飘荡

我将独自在林间
让一抹黛青从最远处
被你点燃
在木楼的窗台上

2021-10-05

读一本诗集

1

没有污渍的马头墙,也没有洞穿了风月的牛腿木雕。
如削的短发和飞瀑似的长发不再重要。
比如丰满与苗条,关于男性与女性。
在一间洁白的屋子里,锋利的刀刃划破肌肤。
当血结晶成鲜红的珊瑚朵,在生死咫尺的骨头前
祈祷。
当你不再执拗于一草一叶失落的锤击,不再纠结于
一根硕大的钢钉没入你的生活,将来路堵住,
把归程断航。
当所有的空缺都幻化成了一种生死超度。你忽然安静
 下来,
像一滴宽恕自己的水。

2

大面积的留白仿佛是你丰沛又惊慌的语言。

你用一张瓦片或一根横梁,以几近决绝的眼眸
逼离靠近的所有人。
你拥有的不再是一堆辉煌,文字也无关是友是敌。
发黄的书,向日葵般静默在一排依靠回忆的书架上。
你清风般的手指,也许再也抚摸不起它的欢爱。
也许就这样,在微雨里走向黑暗丛生的峡谷时辰。
就像风,没有回头。像雨滴,坠亡在坚硬的地面宣示
　崭新的光芒。

那是一张静止的照片,如围墙般枯枝叠加,向上攀爬,
　直至搅碎
灰暗水面平静的面孔。在病榻上长出的羽翼,
助你在苍翠的黄昏,对着天空振翅一飞或嘶吼。

3

片言只语的白墙黑瓦,盛满了遍体鳞伤的忧郁。
局促的空间只是长时间滞留了劫后虚弱的文字。

墨梅突兀其中。它的拼读
像刹那刷过的飓风,留下了一道长长的疤痕
传递在苍凉无助而悲恸的唇间。

                                    2021-11-14

江湖

江湖没有围栏,辽阔便无法辨识
江湖有马就需要夜草
远处的疤痕就是一个牧马人
他们之间的真相是用虚伪的鞭子
抽打着的大大忧伤

秦王的江湖是灭六国
火把和铁铲只是黑暗里粗俗的蝴蝶
日落长河是乾隆的江湖
乾清宫的烛火,照看着他躯体的大部分版图
曹雪芹最后的江湖
是一片白茫茫干净的蓬蒿小径

而我的江湖在市井的屋檐
在闪闪发光的秋季
滂沱笛声的重新返乡。缺乏天赋的灵魂
不再将我围绕
不再耕耘开始衰败的江湖

水深了。不再抱怨发现

你说服
岛屿环绕，风继续北吹
你渐渐靠近的江湖
一个没有名字的地方
一段苦难的废墟

       2021-01-09

小可爱

注视你,
安静得像一枚纯灰的钉子。

在沙发或某个拐角
盘踞。随时像一道闪电
冲向黑色屏障之外细微的声音。

半倚抱枕的一声轻微悠长气息,
像极了慵懒午后的阳光
隔着窗户淡然的斜照。
诠释,它的认知以及我们能够给予的诺言。

所到的每一个地方,
都是它抬腿留下的飞瀑领地。
每一次狐疑的经历,
都基于片刻停留的危险境地。

楼下。大多也只是楼下,
它的休闲野外都是膝盖以下的草甸。
几乎封闭的出口,

风和日丽的细碎步伐已脱离了
外面世界的引诱。

它像一阵风后的对视,
多半是干了危险之事以后的
仔细揣测,是否有新的警讯接踵而来。

它,大多是温驯和安静的。
偶尔喉咙也会发出低沉的吼声。
那是心智成熟的它认为:被侵犯
可以用牙齿来说话。

2021-12-04

间隔 50 米

我站在窗台,你也站在窗台。
流水的声音间隔 50 米。
蓝色的火焰燃放在身体左侧。

水经过你香草的身体,充盈清晨的鼻腔。
对我来说,这是世界的侧面。
后退两个台阶,我们分头站立过的是黑暗和光芒的交
　汇潮汐。

水流很细,它举起一杆黑色的三角旗。
穿过长长的带着尖利睡意的鸟鸣。
把低沉的万水千山,从一个管道推向另一个管道。
我沸腾的手掌,此刻已切入了垂直的暗河。

天未亮,水未动。
月亮在我的视线里步步后退。
细碎的亮色
在起伏的山峦,用一块手绢的风力,
唤醒我。

间隔50米。打开
云雾缭绕。几棵高大的水杉在背后。
你推门的声音宛如流水,万国旗随风飘荡。

        2021-11-30

11月6日的奖章

11月6日,一枚70年的奖章
挂在你瘦若悬崖的胸襟
这是一枚压缩过太多硝烟与血水的奖章
这枚奖章的背后
是一场永不解冻的冰雪
是一根永久沉默的带血别针

不曾离开过的国家关爱
此时,骄傲地写在你
飘逸的苍茫白发和
粗砺削瘦的额头
也写给那些不能开口说话
与你一同撕破黑夜
长眠于星空的战友

这一天,一本书的扉页
在秋意中完美收官
也如一枚奖章
挂在了你传承于我的胸前
在立冬摇摆不定的时候

当秋依然是主角,指点着
我过往的夏收秋种
以及我承欢已久的和平
这枚奖章脱胎于你
是你的,也是我的

        2020-10-29

救赎

站在路边,
等一盏灯,向左拐弯,
面向一场失血过多的救赎。

十字街头,
汽车碾压龋齿们的重重蝶语。
天空的飞沫,声音冷却下来。

其中一辆车,停在左心室,
朝向我
指向需要剥离的主动脉。

一辆公交车
后脑勺晃动着酒红色的密码,
它的呼吸合理存在。逆反的
尾部是一条林荫大道,
落满泥巴的血管奔跑着狼群。

我站在路边等待,
雨落下无数的救赎,

一盏正在拐弯的灯
面孔朝我，
鲜亮与黯淡在刹那交替。

2021-07-08

半个世界

一只蝴蝶朝面部飞来,
它回头时注视了我,
然后像无邪的田野,
向大地舞动起宽恕。

它走在我的前面,
寻找路边或草丛里划定的版图。
那是它自己,确认无疑的唯一信使。

早晨出门,它像一株久旱柳树的根系,
左冲右突。在它蓝色的血液里,
我把一匹属于上帝的马,
压在了膝盖下面。

掉落油漆的长椅,占据半个世界。
另一半斜落在炊烟袅袅的诗集里。

天上的云朵拖着长长的白烟,
穿过颅脑的声音,
是我的眼睛安装了抵御的铠甲。

水池边,几片荷花
和去年僵死的火焰一样,
在另一个世界被彼此折断。

一个老人朝我面前走来。
我把coco①的激动
拽成了奔马止步的样子,
它必须克制,放下所有的执念。

2021-05-30

---

① coco 是一只可爱的小犬。

前世

我在草地上
看见了我的前世
他蹒跚着向前走去

我还看见
别人的前世,前世的前世
很多的这些前世
他们一起走
我停下脚步,错身
让其中一位拍手的前世先走

一个粉衣少女跑过来
超越了很多位前世
其中,我的前世
在树荫遮蔽下
朝她的背影
瞥去深深的一眼

2020-11-01

第三辑

一枝夹竹桃

替代

一张面孔被另一张替代
一座桥被另一座更美的桥冲垮
桥垮塌时熄灭的光华
深深滞留脸上

归属是朵日出日落的花
可以在闹市,也可在山野
心在哪里
花就开在哪里

两张面孔
烟火气息的那张用于生活
另一张毁誉参半的
用于夜间垂钓以及抚慰
狂野

美丽的花苞斜出
天外陨石的黑洞,那道耀眼的亮
在往事的麦田里布下
大片大片走神的霜雪

黑夜伸出宽敞的裤腿
轻轻扫过寂寥
风,不断替代影子
出双入对
背靠背离开

        2020-10-29

早春之想

一朵花
在一个没有阳光的上午
面朝春天
没有人会注意
它刚从濒死的阳光里抽身

一只鸟
在这个春节徘徊了好久
它弯曲的长脚失语
它荡开的涟漪
有人说
那是宽阔水面不规矩的声音

一个人
不断贴出告示
包揽早春
仿佛这最初红的和绿的
黏在一起就是全部春天了

2021-02-28 周日上午散步途中

玻璃窗的春天

一扇雪白的玻璃窗
春天在这里打坐,这制造春天的
也隔离春天
玻璃窗的春天
没有鸟鸣,没有田埂,也没有牧童

玻璃窗外,万马奔腾
它们呼啸的声音
让周边寸草不生
玻璃窗的春天
淹没了它们本该
十分烟火的蹄印

这春天
只与光和倒影说话
它们还没有流向白昼
它们的思念和欲望
都圈存在玻璃窗里
它们忘了,彼此的流动
和鲜活的呼吸

2020-10

彼岸

谁在彼岸?
垂柳在泛起的涟漪间竖起一面西风大旗。

谁在嘶吼?
一个规则破坏者的亡灵
在巨型城市上空俯视芸芸众生

谁在闷热里行进?
当我的帽檐低垂,遮掩着前行
当一把剃刀洒脱地在紫色布巾上飞舞

谁在铁轨边立碑?
那是一具岁月凝视的死亡雕像
在轰鸣的雨中不停地脱落

谁会开孤独的白花?
当一滴蓝色的泪悬挂在路旁的标牌
当我的心和黑暗一样寂寞

谁又从一棵树向另一棵树飞翔?

那躲避繁衍的夜莺子孙
以手臂搭起栈桥拯救自己

谁又以渔翁的姿态垂钓？
众多的夹竹桃围绕旧身影虔诚地匍匐
水的中央

是谁在河边睥睨？
脖子下那串晃动的人间瑰宝
与我刚勃起的风暴擦身而过

          2021-08-21

一枝夹竹桃

一枝夹竹桃
在风中低吟
我却捕捉不到
它多姿的内心

晨起的人们
三三两两
拍岸的水声
寂寞无主
阳光推着背影
止步于
没入水中的半截台阶

路边的石头
光滑如水
倒映着
运河三塔和白龙潭千年的桨声

一艘挖泥船
伫立河中

惊扰了
隋唐如烟的往事

2020-08-21

无人值守的领地

踏入无人值守的领地
搜寻地平线鸟鸣的蜕壳

干涩的骨骼奇清
虚荣开始烙在鱼的胸前
至少在无法自拔时
可以把手放在心口
照耀过去

我曾经在雪地
放牧一群牛羊
让我渡过一段悲喜和恐惧
让我安静得像一片叶子
不再奔跑
不再思念

围栏里,沉湎了的欲望
无法收割
从青翠到苍劲的那一片辽阔
让一切自生自灭

或让劫后余生的
暗火自燃

这是一片舒适的草原
传递到掌心的热能与河水的旋流
闪电般黏住天空徘徊的云
飞鸟啄开了春天
干涸的幸福
翻山越岭，披星戴月

无人值守的烟火地
我泥塑出一个又一个光鲜的脊背
夜色漫进身体
我捡起了
春天熠熠发光的蓑衣

2020-08-30

另一个城市的太阳

太阳照在桥的脸颊
也照亮昨夜窗台上
一个城市飞往另一个城市的落花
等离别的血丝
将我的双足缠住
只留少许余光
硬生生地
张贴在河东路的堤岸

目光缓缓驶过
蜿蜒的日子波光闪闪
生活的纽扣
被一道道浪花犁开
在这个清晨等待裁剪
解析往事

初秋的柳叶低垂
仰卧在水天之间
他们和

旭日分割线上的鸟巢
渐成一幅生机勃勃的油画

2020-09-04 嘉兴

听完一个故事

飞鸟为何不归
我问一艘船
桅杆上荡起空洞的云
猩红的灯笼嘴唇紧闭

几百年的河底
静卧着一具历史的残骸
耻辱的巴掌
刚刚挥过

四分五裂的河谷
因贪婪而沸腾不已
眼高手低的驳坎
淹没了决堤的萋萋荒草

喋喋不休的蝴蝶
只为下一个私欲授粉
温水里
几只蝌蚪昏昏欲睡

不断上升的水面
与安详并不同步
人类未来的家园
不一定莺飞草长

偶然跌落的相片
迸出一叠讥讽的笑声
让颤颤巍巍的历史
慌张不已

2020-08-28

前沿

坐在前沿
就像走上斑马线
战战兢兢
时刻提防马失前蹄

坐在前沿
就像一个放置沙发上的标本
任阵阵闪电
随便抚摸

坐在前沿
有时需要按住嘴巴
不让哈欠随气流
不经意出发

坐在前沿
需要学会在喋喋不休里
不眠不休
保持微笑

2020-09-23

与会

1

一张纸
带我去的地方
人很多
夹着包
夹着各自的心事

一间屋
很多话筒
我是其中一个
发出的音节
前抑后扬

一支笔
签过很多字
今天都是学生
字迹工整
自上而下

一辆车
跑东又跑西
上车又下车
既是盆景
也是风景

2020-09-17

2

当浓雾即将淹没
身体
或大脑成为图腾以前
要么开门逃离
要么刷新
重新开机

四周的人们

和我一样

目光老化

期待前方的鸟

尽早飞离

期待着

世界发生黑屏

2020-09-23

路途

我用一只耳朵听风
另一只看路

车站是块临时磁铁
把人们吸附
再漠然抖落一地

公交车彬彬有礼
却不停打嗝
就像一只擦去泪痕
缺爱的青瓷杯

天色渐暗
路边的植物
卸下落满灰尘的面具
开始吐槽耳鸣

曾经生猛的建筑
此时面色灰暗

前方路的灯火
让人陌生也让人牵挂

2020-10-07

放纵

这么虚无
躺在空旷的天台
在尚未圆寂之前
等待迟缓赎罪的肉身
修补
等待天空中不见面的太阳
从脚底燃起炭火
让身体饱含热烈

太阳忽明忽暗
往事沉入水杯
大口大口地吞吐
前移百年的冰冷时光
叙述的场景,那些独白与对话
这本百年孤独的书
和入睡前阅读的一样
修旧如旧
除非再次翻新
这些文字
让咸甜的海水渗透

除非南水北调的
沙丘
孕育出一湾新泉

        2020-10-21

湖边（外一首）

残荷之上
是前出的音乐
孤亭
躲在伞下
一叶小舟
缓缓离岸
秋雨，湿过了台阶
几根鱼骨
悠然发亮
它们卧于水边
与我默然对视

2020-10-18

黑天鹅

河边，一只黑天鹅
毛色发亮

它把羽毛梳理了一遍又一遍
然后抖抖身体
昂首阔步地左右摇摆
几根不经意飘落的鸭毛
暴露了装点过的行踪

        2020-10-26

每一个日子都要温暖

余晖不长,秋叶终会掉落
一张蛛网在风中反哺
细碎的语言沿途发酵
温暖着
每一个过往和未知

镜头,驻足于花圃的蕉叶
白苍苍的笑颜,写意一幅
深秋的菊
溪水流经
褐色的木条凳
一起坐拥阳光
穿过肃静的树叶出发
对面的木窗栅
映射着阵阵微笑

枝头,只剩一个红柿
周边的叶子不离不弃
即使风雨吹落
依然是最后

最恒久的温暖
这是完美的印戳
它的体温恒定在37度

人生越走越远
路途等待的长椅
都呈原木色
每个物件的照面都显得珍贵
每一个瞬间
都是一次永诀

春天的到来
是为了延续生命
而秋的离开
是为了找寻下一个温暖
以及旭日的再次东升

2020-10-08 花圃

冬天来了

冬天来了
没想到来得这么快
我裸露的胳膊来不及转换
一大片冷蝶便雪花般停满
这个世界

我的巢穴被预谋改造
它们将大卸八块
锁定我有限的未来
它们坚固有弹性的骨头里
将诞生我若干个后代

冷雨中的红灯笼是我回望的双眼
我等待冲出夜色
就像久别的冷遭遇火焰

捡起几片雪花放入脚底
一柱冰挂倚天而起
在寒冷中
我粗糙的脾胃和粗糙的关节

一样饥肠辘辘

我不断被打扰,不断被拉扯
我把最后一点热量
留给桌上的那封信
其实,我拆开它时
它就把我揣进冬的怀里

该出发了,我打磨完木桶与我的合约
涂上一层保鲜的薄膜
在它充分润泽充分依恋的时候
迎着冬日的风
带着暖意上路

2020-11-26

靠海的地方

那里已留下我的子孙
他们会在风里、山脉
或者在城市的某一角落自由生长
他们不再沿着我椭圆的轨迹
不再和我观赏沿途的风景
我也不再扯住他们的耳朵
用攥紧风筝的手
像祖辈那样捆扎他们的翅膀

我会独自一人穿过这些沟沟岔岔
我无法停止我的脚步
我将在夜晚完成阅读
在这个深陷的盆地
布下一座未来的山峰
以及络绎不绝的鸣响

我误入了歧途
在一条上山的路上
先人刀耕火种的领地
被我不经意打扰

与我阴阳两隔的草木枯萎
我停止了前行的脚步
俯下身子
同他们擦肩而过

我必须赶在日出前
从指针停留过的地方
返回到人间烟火
让一杯浓酽的茶香
温润我羸弱的躯体
在第一束光嵌入我的额头时
点火出发

2020-12-02 台州椒江

阅读的回声

打开笔尖的时候很犹豫
脑海里浮现的那些,此刻水草般纠缠在一起
故作高深的教堂塔尖和一些陌生人的面孔
我都不曾见识
我光秃秃的笔下没有任何衣裳
他们就是乡村农夫
是秋收过后的田野
干净、羞怯而单纯

几十年过去了,很多面孔浓雾般恍惚
他们蛰伏在厚厚的书本里,隐隐约约
洞察,蓬勃的一切
十字路口是他们左顾右盼观望的野生芦花
他们用苍天空灵的语言,包裹了一颗颗晶莹的
星星
端上王母娘娘的蟠桃盛宴

温热的水,从内部和外部同时浇灌
微冷的躯体
我只有在与清晨橘红的初阳对视时,才感到

丝丝的温暖
犹如坠崖而生的光芒

每在一个陌生的区域
我总在寻找进口和出口
这些陌生的，亲切的，慈眉善目的，冷冰冰的
我都乐意看见它们
它们就代表我以后遥远的眼睛了
它们就是我心底深处金灿灿的落叶
它们让我与草木同生，不与草木同腐

半壁江山，在这里
我的脚步在它们空无一人的势力范围
戛然止步

2020-12-29 江苏南通啬园，清晨

好看的天蓝色

水,是一块好看的天蓝色

树枝,如约而至
轻扰水波

夜鹭,树上隐身
颈后的三根羽毛
转述着酋长部落的寒气

一道栅栏隔开
呼啸与轰鸣
萎靡的枝丫横七竖八

迟落的雪正在掩埋
近在咫尺的湖水
逼近残酷

没有阳光的路
依然接纳着一地
情绪赤贫的衰草

一列疾驶而过的列车
扑向郊外
那里有水
一块好看的天蓝色

            2021-01-06

一块白板

我像一块白板,想出手
招蜂引蝶的夜

一簇抱团取暖的白花
来不及铺垫
它灰蓝的底色
已沿寂寥的斜坡
圆寂

也只能平视
低头或仰天都会刺开
天鹅绒般的城池
那将是痛楚的传导

一群踌躇的羊
看见它们,也就看见了我
我们会在同一张白纸上
坠毁
或者永生

许多人
拽着一方白色药剂
拯救胡杨

荒漠的边缘
被一束有预谋的光
挟持

       2021-03-09

田径场

低沉的马达轰鸣
一些倒地的野草没了气息
草帽疲惫的灰烬
暗藏烈火
挽歌无人吟唱
一个世界被另一个世界重击
恐惧的希望和希望的恐惧交媾

一个人走进了田径场
起跑的手臂
像一座脱臼的桥
我确定
他离这些断生的青草不远
他不会和沿途低矮的野花们握手
下一秒,他会转身逃离
干燥得像路过的一阵空气

2021-04-08 嘉兴

遇见过往

这条路通往一个童年
往事已成碎陶
柳条被追溯，阡陌纵横
一池隔断少年往事的湖水
网住了沧桑的鱼

垂柳，俯下身
记忆的枯叶飞散
船排列成迎风的冰凌
等待逆行的鳞光照亮

公交车踱来踱去
城市是一幅带冰碴的残荷
明信片总是贴在新年
奶白色的唇边

枫叶色衰，鸟鸣贴于前胸
夜晚的栖息，一片白皑皑
湖水正青春

它们身体的每一处剖面
英姿勃发

       2021-01-10

晚起的山茶花

晚起的山茶花
絮絮叨叨
叶子离别的胡须颜色发青

歌声隐约
扇动的翅膀渐渐拂过云端无奈的面孔

年关,纷扰的眼角清淡如水
树上,一只老鸦热情似火
挤对我的喜悦
那是一摊无语的清水

案几的竹简
摆放了一叠厚厚的尘土
几滴干涸的春秋泪
蜿蜒而曲折

2021-01-16

当旋转的鸟鸣漂泊过一夜

鸟鸣在泛青的水柱里飞泻,鼓胀的卵石已入眠孤岛。
昨夜的树杈和蚂蚁,在上风向
缠绵。迎春花口吐莲花,
醉卧的手伸向了叶子的遥远,一切都才开始。

早上出门,知道有一场大合唱上演。
很多手放在一起,这些八爪鱼般的手,
有的曲卷,有的温热,有的则无法触及。

昨晚床头的书籍,散发了一整夜麦芒的气息。
此时,它们也跨过遥远的护栏,扫码通过。

当阿尔卑斯山的眼睛再次燃起蓝色炉焰,
当东方的鼻息野兔般愤怒奔袭。
当他们褪去衣物互相裸身,当着不同文字的面孔,
在日落打烊前,悠闲地喝着咖啡。
他们看到,一些朝天而生,
整齐疏密,生机勃发的牙齿,
以及一只像雄鹰翅膀不断挥动的手臂。
他们高高举起,跳跃式地行进,

像一队霞光里雄归的大雁。

山涧的石头被千里移植于此,
当机械工具和我的手同时抚摸它们,
接受陌生的检阅和刀斧的磨砺。
当金色的河流自上而下缓缓渗入,
它们被多声部的乐曲使劲擦亮,重返人间。

2021-03-18 清晨

等待

虚弱的叶子在午时跌落
被反复抚摸的人间,光亮得
有点迟疑

不大的方寸之地
列车筛子般呼啸
心跳和喘息各自为政

迟到的鹊鸟
被一阵反射的声音惊醒
胶着在对面的桥
开成了一朵潮红的花

我站立在半截岁月后面
看她蓬松如棉的肢体
让天空走了神

2021-02

清晨

天空安静
树在一夜之间盛开
花朵早慧
似笑非笑

一团肉体弹跳而过
身后
焦熟的麦浪
引诱
气流一阵翻滚

阳光覆盖
闪亮的钻石布满山坡
青草大口吸气

隔一堵墙
一把扫帚
划地的声音
像是一支无法高举的手臂

一头石猫
将爪子插进黑土地
在荒芜的春天
补充潮汐

2021-04-16晨跑

边界

越过了不该触碰的边界
有了不应有的交集
这里没有信号灯,无法发出停止的信号
也无法阻止
一场毫无情意的越境

隔壁的山脉突起
泥土也在密闭的空间
伸展木然的肢体
跨境发酵

对面的一本书,光滑而坚硬
两天前我们刚见过面
我装作阅读的样子
把它竖在边界
替换我,阻止越界
替代我坐上谈判桌
直至我踏黑下山

2021-07-14

我和羽毛的距离

掌心里攥着一块空白
那是你的俯视。目光聚焦
早晨起来卸下的重担
都在白天反弹
我的夜晚是如此沉重
我无法再故作深沉
再说些似是而非的话

阅读是刀斧在心灵山脊
劈开的一条野道
不需要太多的连接
不管我如何挽留
仍然有很多踩不住的翅膀
从这里滑走
或直接冲撞开去
就像清晨初起的阳光,走了
有的还会再来
有的是隔河,永不相见了
就像我和羽毛的距离
远不止一条星河

2021-10-29 晨起

风站立在树荫

风站立在树荫
不安分的鸟扶着栏杆
埋入沙地的粗大脚趾
如看海,有轻微的兴奋

闷热的车厢挤兑着汗水
在每个人的额头
流淌下来
就像黑暗里兀自静放的花

景区的喇叭一遍又一遍响起
发烫的声音
如罹难的砂石
遍布细碎的滩涂

海风吹落
那匍匐太阳的饥渴
我赶在天黑之前
要收纳西边天空
那颗耀眼的长庚星

2021-06-10

走出去

一个人坐在车厢后
看乌黑的头颅集结春天
看路边一池微浊的春水
被心境搅动

树叶青涩,扑闪着
刚翻新的土地
窗外,飞雀强劲的心脏
撞响天穹
我们这是去哪里
是雪峰、森林和余晖
还是被遗弃在远方的指尖麦芒

朴素的村落
一堆花哨的纸片
捕获了油菜花香和一段
烟熏火燎的旧事

纯净的稻草人接壤了
桥边春色

沾满花草的蜜蜂
在清澈的瓦砾间
纷飞

           2021-04-08

2021年,高考结束时的野象群

高考结束
15头野象在云南昆明没有造次
人象平安

6月9日,野象群离开昆明
进入玉溪易门县
其中一头离群脱单
这头脱单的公象越走越远时
动保专家正夜以继日地研究

北迁诞生的小象
被集体躺平的大象严密拱卫
这种怀孕周期最长的哺乳动物
它的社会性
让醒来的小象挤在中央
无法甩鼻出走

野象群北迁的大游荡
惊动无数人
人们不明白它们为什么离开

越来越茂盛富足的森林
或许只有棕叶芦和马唐草知道
人们只知道北迁途中
它们吃了玉米而丢弃了菠萝

大象北迁
或许只是需要一个
植被覆盖率不那么高的地方
不需要太多氧气和茂密的森林
它们需要一个视线开阔的
生存和栖息地

北迁的野象群
一路备受礼遇
它们的自由迁徙不受阻挡
大象会记住爱它们和伤害它们的人

哪里有食物
哪里就是北迁野象们的家

2021-06-09

无声地呼唤

冬天,所有的树
都无声地
呼唤
并朝天盛放

它们身上
挂满了
逝去的铃铛

夜晚
由光来主宰
然后,囤积所有

2020 年冬

接近中午的时分

午时的麦穗心智尚未成熟
多声部的旋律追逐旧时光
酿蜜的蜂还在原地打转
几株未离故土的野花
随时准备
从明亮的争鸣中惊醒

太阳包裹了撕裂的白昼
身体被幽禁
在断崖起伏的夜风
在暮色紧致的三角洲
被滑落的水浅浅相围

午时阳光的风声
就像草原孤寂的苍凉,无法穿抵
江南春色
就像我一直无法适应
你乌黑眼睛
那一直鸟瞰的高度

午间积攒的光芒
滋养了荒芜
越来越安静的水面归寂于
酣睡河底的鱼
倾听,聚拢的光波
摇曳芦花的吟唱

太过渴望的太湖石
与钙化了的昨天
作一次背靠背的诀别

2021-05-30

一株生动的植物

一株植物的灵动
依仗灯光或暗影的蛊惑

四月里的清瘦,笋衣层层加持
你的苍白清峻
低缓而结实。丘地已失温好久
无人打磨是庄稼,荒芜不安

潇潇的雨,淋湿往事
门前的石狮依然伫立
墨色的竹丛已步入中年

几根淡青色的经脉
屏息闭关
浮雕般乳白的泉眼
冒出缕缕矜持的热气

2021-07

安静

每一棵树都在静止
在太阳升起前
保持入夜垂直的骨头

沿水面伸展的枝丫
是昨夜惆怅的雷声
剥掉了最外面的皮
等于推翻了清晨的宁静

白色雕花石栏和
寓意浪漫的蓝色圆顶
花卉们暂时沉睡宁静
等待有人掀开
它们积满蛛网的花瓣

安静是一株杂草
可以很久没有回应
可以独自在阳光中老去
安静是一道篱笆的旧影
除却你,没有别人

一块刚出炉的面包
草间那只未出阁的鸟
都是击穿宁静的脆响

2021-06-25 上海浦东

访云顶冰臼遗址

水流淌,在冰川世纪的山底。
一个巨大的事件掩埋在这里,
现在行走表面的只是
最后踪迹。
它的灵魂在很久以前就离开此地。
滴水穿石粗犷的"米臼",
对着天空,
奉上狭长春天里稻谷潮润的香气。

叶子最擅长风中的蜻蜓点水,
星夜带我穿行了草尖的全部年代。
光明是幽暗处穿透天际的幼童,
路边被售卖的两株野兰间停留过
我的徘徊,我的犹豫。我丢失了
与这个深坑世界的长久牵念。

最顽强的生长是淡淡地流淌
在峡谷上空的云,
和崖壁那长生的蕨草。
它们是这个清晨已经散去的未卜先知。

手伸进微凉的泉水,
触摸岩石里两百万年前的心跳。
那炽热燃烧的不败之花
恰好被我的眼睛,被一片虫鸣覆盖。
枝丫低垂,潺潺的溪水脱去最后一件外套。
许多静谧的野溪鱼,
走进了大块大块琥珀的光亮。

2021-06-08 福州永泰

秦淮河遐思

几个朝代从树叶的虫眼里依次飘落
秦淮河像条黄绿色的围巾
在清晨的雾气中酣睡如常

孤单的鸟悬停在下垂的电话线
目睹堕落的时间和欲念
偷偷溜进
已走丢的空间
大地异常安静
声音裂成两片常青的叶子

秦淮河的水在断流处
一个更远的声音失去了心跳
枯黄的树叶箭一般驰入水中
几个朝代精美的花纹
在垂垂老矣的天空沉睡,它们只是一会儿
就被雨花石的敲击所惊醒

它们来了又去,去了又来
踉跄的大地张开了嘴

吞吞吐吐的秦淮河冒起阵阵白雾
几缕胭脂残存的梦境
被紧紧衔入太平鸟的嘴里
它的堕落缘于拥有一架升天的树梯

       2021-06-18 南京晨起散步

蝶 变

你是一只初生的蝶
美丽的眼睛弯成了一对虚高的触角

天空都是你装点的衣裳
任你满世界睥睨

扇起一地的风声
是你今世的全部知晓

岁月的玫瑰横越躯体
花苞被酣畅淋漓的飓风吹落

你化茧为蝶
把冬眠后的重生交给了细胞裂变的高歌猛进

你完成了骨骼和欲念的腾挪
磨砺的灵魂有了成熟的沧桑
就像如今你微蹙的眉头
上面聚满了人间的烟火

2019-12-27

微风吹来

微风吹来，
太阳还藏在树丛里，
知了还在入眠。
一张木椅，油漆未干。
阻止与空气亲密接触。

汽车陆续开始驶离，
一只小小的鹦鹉站在门口。
她扭头的时候，
周边的树叶都疯狂抖动起来。

池塘的水干枯了大半，
落叶像一枚枚旧印章，掩盖住
昨夜蛙鸣起跳的水花。

一段路，没有分叉。
我松开一只小狗，
看它为前途奔跑，
看它习惯性地拐弯，
然后焦虑地逆行，张望。

2021-07-18 晨起

一群锦鲤

游过唐宋元明清的城垛
一群纹身锦鲤
它们都游过这道必经的门槛

枯灯黄卷的青石碎路
有多少西风瘦马跃过
玄光和黄帛
斑驳的蜘蛛牌坊
印了一朵洇润的桃花

山谷策马迎风
时间灰烬如霜
他们穿越，匍匐的声影
在梦寐以求的归处
升起缕缕长叹的青烟

这里的每一根栅栏
都曾散居锦鲤
或游或跃或地遁而来
它们身上剥落的鳞片
重叠成时间的钟乳

终于妆成了
那扇镌刻着鱼纹的栅栏

不是每条鱼都有洄游
不是所有飞溅的弧线都会刺痛
不是所有的伤疤都会去燃烧天空
有的只用
只用一根轻盈的羽毛
就划亮春天透绿的雷声
成为俯视众生的一袭鸣响
乌黑闪亮的飞瀑
网住渔夫沟谷里那一声充血的呐喊
顷刻间，桃花便盛放于水塘

天地，那万物必经的门槛
遍地是苍茫的鱼
无论游往何处
时间都将慢慢蚀去
它们的舌头

2020-12-27

扇动的翅膀

一只鸟扇动着翅膀
缓慢地降落
像极了一叶春天舒展的肺片

路边的迎春花紧贴地面
它们的美是移动的,有波次的
它们的花瓣
都青睐了同一场雨雾

终于等到一只黑色的鸟
以极低调的姿态飞过
让我想起
一只焦虑的猫
和风中的屋檐下
打转多年的鱼儿

在这个早晨
我推开一堵泥墙
有一只春天的鸟
正扑闪着翅膀

2021-03-17 清晨

第四辑

月亮在天上

当光亮被遮住

当光亮被遮住
花,一定是暗色的
连同心脏

有一朵花
看似熄灭着的
但它随时可以抓取
你的魂魄
并且,会沿着你细胞的城墙
周游列国

当矛刺入
盾牌的肉体
见到的不止鲜血
还有黯淡的垂泪

溪水溯源
桃花不再依序
站立
山野空载而过

当一盏路灯
悬在头顶
你可否
以月亮的名义
释放
这些被囚禁了的
瘦得皮包骨头的光波

2021-03-17

那燃起的火

燃起的火,映红了半夜的天空
那最早点火的人
早已离开

那燃起的火,在十月
满地的桂花里。他骄傲的头颅
被带入一场莫名的无法阻挡的旅程

那被点燃的,还有南飞觉醒的大雁翅膀
另一只,已带火腾飞
它要回应一种爱,作猛烈撞击

燃烧的火,与暗燃的火
在为鸿雁传书角力。他们将在
两个世界
无言地挤压

燃烧的火,遭遇秋雨
失去力量的

那另一半,正长出羽毛
掩饰无法自愈的率真

        2021-10-30

看月色

我一个人
在院子里
看月亮
听水声
看鱼穿过
平静的月色
弹落在
金桂树下

树枝阻止了
一场桂雨
朝我的额头
汹涌
也阻止了
秋虫
鸣叫和吻别月光

2020-10-01

月一直在天上

月一直在天上
此刻我在水中
晃动月亮
晃动着我的前半生

月离我们那么远
但她的清辉
掳走了
所有人的思念

月让黑夜肃穆
鸣叫的秋虫
正离别深秋
等待白露后的一场坐化

月沉淀了秋的精华
层层桂香
侵入我羸弱的躯体
多年以后仍有余香

月让亲人们相聚
从地平线赶来
与黑色的星星在白云后
静静地共饮一杯酒

月容易让人缅怀
银色的旷野里刻满思念
逝去的勇士
让月圆的天空更加永恒

我沿着月色
走过一圈又一圈
中秋的月光
死死将我缠住不放

        2020-10-01

灼热的天空

水洒过灼热的树叶
轻微的焦香
逆流而上
复活的叶子失语于
一道青瓷的裂纹

今年的兰花是否会在
陌生时段开放
取决于一段悠长的歌声
那暗色的飞瀑
是盘踞多年的忧伤

每年这个令人纠结的时刻
总困于一些蜗居的花草
和撩人的夜色
灼热的天空
那些蓝天的鸣响
抑或云朵金色的妖娆
都抵挡不住山坳里

向日葵
金灿灿转脸的模样

2020-08-16

外面的秋雨

外面的雨
穿天贯地
让草木滋养
让一条有棱角的短信
变得光润

日子渐渐迫近
起身安顿好
重要的瓶瓶罐罐们
让他们喜悦地安度
一个穿戴整齐的
秋季

2020-09-17

凌霜

他们和凌霜一道
穿越我的眼睛
穿越桥下微凉的残月
暮年的半个花季
在行将越走越远
无法挽留的路上
保留一些早春二月
陈年的花蕊
将搁浅的几叶小帆
在心中
缓缓抚平

就像我
走在光秃秃的路上
在画满候鸟的死胡同
为一段口琴所拯救
让我重新燃起希望
像一列火车
熊熊燃烧
穿越森林和大海

直至刺破来世的星空

更多时候
我像他们一样
把头深深埋进怀里
然后蜗牛般
抬起湿淋淋
莫名无助的头
等待希望
等待下一个融化的春天
和布谷鸟婉转的新啼
遽然鸣响

秋色渐浓
他们和凌霜一起
越来越多的声音
在旷野响起
这些不屈不挠的声音
在成熟的麦浪里
不断集结

不断发酵
不断发出光亮和热能

2020-09-12

夜的所见所闻

我看见一头小鹿向我奔来
奔来的还有优美鹿角
心颤的弧线
我看见一条小鱼在水中弹跳
弹跳的是水中月色
还有蟾蜍折桂的声音
我看见柳树叶里闪烁的灯
闪烁的是切割过的白昼
和梦里的碎片
我看见马路上行驶的汽车
行驶过的是满腹委屈
和路灯下原野的光芒
我看见路边的凉亭沉默了
沉默的是黑夜里无言的骚动
和手心里的胶着
我看见一座桥阻挡我的去路
阻挡我的是业已疲惫的心
还有手中寡言的黑伞
我看见黑夜里行走的人
行走的是那渐行渐远的魂魄

和崎岖不平的目光
我行走在我的肉体上
肉体上的沟沟坎坎
让我精疲力竭
形容枯槁

       2020-09-09

勾引

昨晚勾引我的是
一条蛇
让我在灯光的余晖下
裸奔
让我的心随几根
晶莹的龙须
荡漾

我不断调整坐姿
伪装让脚步
只停留在半山腰
让吐信的云朵
保持若干距离的阻挡

肠胃在勾引中
日渐虚弱
我一脚踩中了
活色生香
便顺势倒在
被勾引的路上

2020-10-10

回望过去

我刻意回避这样的表述
你指点的江山让我喜忧参半
我不知道这些自我暗示的文字
会不会在今夜失眠
它们一遍又一遍围绕我的过往
奔走舞动

这些苏醒让我站在陌生的城楼
羞愧万分
我看见了朝圣的白云
看见了体内颤动熔岩的呼喊

回望过去陌生的面孔
我热泪盈眶
它们如今各自散落野地
这些曾经海底的礁石
这些带着露水、带着喜悦的野果
在一声声的呼唤里
都刻入我慢慢长成的骨肉

我有时候是一面凝固的石刻花纹
对春色熟视无睹
在我满是烟尘的眼里
再也找不到往事那团柔软的印记
这些都是生命原生的状态
这些也唤醒了我沉睡多年的淤塞
让我在秋日再次遭遇青荷的气息

        2020-10-26

风把寒气逼进了我的眼睛

整个黑暗里
就我和高楼亮着
另外,是我肉眼所不能见的

风在地上撕卷落叶
它们忽然静止时
风把寒气逼进了我的眼睛

家乡的一颗星星
在下午四点三十分陨落
那是我的血脉亲人
我把全部的哀伤刻在了
遥远,漫山遍野的红叶

大红福字依然贴在玻璃门
此刻,它们都是黑色的
悬在天台的半空
神情肃穆

没有星辰的黑夜

风越来越大
起白霜的时候
只有我和高楼亮起哀伤

           2020-10-30

天色渐晚

入夜,执着的鸟声节奏很快
无论是饥饿的肠鸣还是为
乌桕树难得的秋意喝彩
这鸟鸣都显得鹤立鸡群
让黑夜超凡脱俗

风把枝丫从窗缝里传递进来
这些细碎的解释,也毫无例外地
写满白天的风言风语
它们在忘却的峡谷屯兵,不管月光
是否如约而至

消失很快的鸟声,让人怀疑
是否曾经来过,这光滑的世界
没有一丝痕迹,仿佛每一片树叶都
不曾晃动过,只有穿越过往才能佐证
存在,让仿佛的声音重新存活

太多无声无味的信息
如入夜后,不擅敲门的不速之客

频频踏入
这些心灵受伤无法愈合的鸟鸣

         2020-10-18

我把这些山脉掐断

我把这些山脉掐断
盘桓的欲念就会内部开花
豢养的鱼纷纷刺破身体
圆润的身躯起伏
与之对流的,是一朵黑色大丽花
它们,缄默无语
它们,活色生香
诱惑的山脉
在重生后光芒四射

这些山脉收纳一切
它们犹如最后的晚餐
让清扫过的烛影青筋凸起
在背弃的山脊燃尽
盛宴决定结束这场花期
黑夜也可以,将大片春色埋葬在
你年青高傲的发髻

我把这些山脉掐断
重新连接

飞瀑飞鸟，逶迤奔腾
我焦灼的等待终于和肉体达成协议
当我的血管连通这些山脉
这些山脉也是我的血管
它们是我夜晚的后花园
到处洋溢着脉动
它们也是我今夜初遇的花蕾

这些山脉大都是隐藏的
它们可以在灯芯里列队
在黑暗的风中打盹
它们在见到阳光以前
都盘腿而踞
它们都曾经大开大合
它们都在等待
一种澎湃的光亮通过

2020-11-06

种子在月光的碗里休眠

撒一把种子,让它们在月光里休眠
它们都是我孪生的器官
明天,窗户终究不再起夜
我们暂且马放南山

一整夜的森林都在无声呐喊
乌黑的溪流在黎明凝固
它们饱满的样子腾空了我一整年早晨

光秃秃的崖壁
滑落着我们低沉的歌声
温热的乐曲满腹经纶

雨花石打底的青瓷碗
渗出一把昏暗的陈年水壶
清贫的中山南路上
豆香四溢蓬勃的晨间
我逝去的两位至亲
他们一起或交替出现

他们的微笑毫不掩饰地
嵌入我记忆的苍穹

        2020-11-19

夜归

长裙拖曳夜晚冰冷的湖
暗紫的裙边,奔走着
一群秋天失散的孩子
他们忽然拐进雾的胡同
那是一扇梦的门

波涛不断涌上胸口
浮起一段缀满时间补丁的枝丫
与我保持了不温不火的距离

一处旧居,沉默不语
伸出床边的脚丫
落满了春萌过的蓝蝴蝶
这些青春的藤蔓
与那些剥落的字体,如今
都已散落大海
它们灌满了波涛击打礁岩的回声
它们的贝壳坚硬如铁

拒绝了燕窝驼色的邀约

我时刻准备飞翔
没有了羁绊
就像草原自由自在的羊群
只让白云和风滋养

黑夜是我逝去的岁月和青春
我总在回家的路上
捡起这些破碎的瓷片

擦肩而过的行人
以及路边沉默的树影
将分享这些无人问津的过往
它们将永远漂泊在我身体的旷野
生生不息

金黄的树叶躺在路边
黑暗给予它诱惑
月色脉动它
它们都和我一样
当风吹起时

都是大地上直立的细微图腾
寡言寡欲

         2020-12-11

看见夜色

1

灯笼泛着虚幻的红光
如同点缀过精美的唇

每座城市燃遍烛光
那么亮,也那么冷

每一朵浮萍都在自我挣扎
深深浅浅的歌声
在树梢,浪荡

井底的蛙
鸣红了一片蜡梅
水底的枯荷,独自潜行

2

一座凉亭沉默
沉默的还有整个黑夜

一个戴口罩的人匆匆走过
他走过的这个季节,延绵且模糊

护城河开满了城市的夜梅
敦厚的灌木却闭关修行

弧线流畅
夜的鸟鸣一度断流

3

每次路过夜晚的春天
我被阻隔

那些万紫千红
原来就是白昼

大红叶片包裹的祝福
是几滴自闭症的露水

4

隔着河的高楼
红灯笼储存了很多旧唱片

一道铁栅栏
把鱼儿和钓者分开
让他们各自迁徙
各自安好

夜晚的树杈是一支钓竿
河面总有鱼儿咬钩

2021-02

夜航的船

一艘船沉闷地驶过
对这座城市来说
它们的汽笛是阉割过的

沉默在黑暗中缓慢移动
它们更像一串
月光下,疲于拉纤的水葫芦

船头的一盏红灯
习惯了独自湮没
风中的亮色因它的衬托
锁住了隐隐的痛

船通过桥底
穿行在杂色的古籍里
两头青褐色石兽悄然站立

桥上,那朵衰老的图腾
其实是一场倒春寒

2020-12-22

失落的园区

白色的石膏像
孤身站在
布满星光的窗台
它的身后
是大海的呜咽声

很多人,白天
都站在
那个洁白的位置
哗众取宠

但是现在
他们走了
只留下荒草和鸟鸣
以及陈谷子般的晦色

游荡夜间的廊桥
四处散落着
随意切割的光
让微凉的夜风

半是斑斓

半是茫然

2020-12-02

夜光曲

1

窗外是一条长龙,通体发光
被烹饪过的夜晚湿漉漉
一具肉体沐浴
水环绕过它烟熏火燎的群峰
风依附黑色狭谷,欲望被触发
两片叶子浓缩在盒子里,花蕊结晶
压缩过的空气,底色迷离

2

夜是高深莫测的凡·高
许多话重复了一遍又一遍
膜拜是他的自画像
一只小酒杯水中望月
衣襟植根深处,黄玫瑰长出体面的花刺
蒸煮过的海底涛声,它们和海星已作别一万次

它们发出猩红誓言时,海水已漫至胸口
向日葵的粗砺留给
黎明泛白的身躯
一袭逶迤的灯光和
浓烈的植物清香,在归途休眠

3

灯光璀璨,行色各异的礁石聚拢
水乳交融
引力波荡漾脸上。花事并不明朗
被岁月移植的池塘,纤细的荷叶
亭亭玉立
那时那地,屋檐下。三朵梅花的城墙矗立
腑脏就是那香气满溢的三江口

天空依然,黑白色的月亮在身
桃花碾落沃土

黎明的野渡鸣金收兵
星星透亮，泊船已封航
飞扬的马鬃也消失在地平线
一片踏痕深深浅浅

2021-01-24 夜归

我起身走向昨天的月亮

我起身走向昨天的残月，
只是因为我醒了。
他起身，
只是为了离线。

我开始刷牙的时候，
咽下了水的张力。
他观察我，
是否在走回头路。

我打开陈述了一夜的声音，
铿锵激昂。
我只是和他一样，
每天机械地重复。

对面的凌霄花，
又盛开来几朵。
风中传来知了
忽冷忽热的叫声。
我知道，

无论我们哪一个转身，
看见的只是别人的后脑勺。

          2021-07-06

视觉

终点,树的羽毛
褪落一地
夜,迫近喧嚣
空寂的长廊晃动
心还在徘徊

四周是雪白的过去
草原已经静止
两扇门,在黑暗里
虚伪地站立

迷茫的晚霞踏上归程
攒动的人头
光带里
尖刻的麻雀声
又渐渐浮现

2021-01-22

旅途之中

一次又一次进入
黑夜与白昼的昙花快速闭合
挂满铃铛的哨音也加速向前

我与忽闪的建筑物对视
没有多余的交流
我们不清晰的边界
唯有沉默的眼帘掩饰一切

黑暗的眼
一直在隧道的尽头
挟风而生
而巨大的光亮终将覆盖住
它急迫的呼吸

风在峡谷里嘶吼
光跌落时
我晃动的世界
犹如一件缀满松针的百衲衣
厚重而辽阔

黑，不断叠加黑
还有黑的不断嘶鸣的声音
就像一头远途跋涉的豹
在没有光线的绝望边缘奔跑

一次又一次进入
黑暗的纽扣
不断在白色的指尖自由解开

2021-06-07

风暴

一场忽如其来的风暴。
夜摇曳成风中的锯齿,
肆意挥舞。

树拔地而起。街巷喘息,
河流得以奔腾。

一块光洁的玻璃伸出触手,
替我挡住袭来的风雨。

黑夜深深地弯腰。
尖锐的骨骼刺向我,
刺向一个背弃月色的癫狂之夜。

我听见了哭泣。
风像透明的薄纸,
无情地嵌入树枝、瓦砾
还有心尖。
黑暗中飞舞的一切,不停
轰击我的耳鼓。

时光终究有归零的时候，
当一切静止了，
深蓝的眼睛就会铸成
黑色的禅珠。

一道银光在手鼓槌响。
无边的风月，潜行。

2021-08-26

从头再来

昨天晚上的柔软纸巾
有一座白色的小山堆出
喉咙被安放在崎岖的底座
夜晚不轻易闭合的眼睛
破碎者输入几个密码
寻找日落的雀斑

安放在唇右边的树叶上
窗帘透过的光不再是黑色的
一只松鼠外墙的背影不再恍惚了
就像我前面蓬松的马尾巴
已被飞流的水系淹没数次
它们停留过的地方
是青草紫痕的弧线
是一种从头再来

早晨醒来的表盘多出两格时间
让踏扁的心恢复了少许弹性
迎面跑来的黄鹂鸟告诉我
昨夜闲置多年的风铃响了

2021-03-25

光冲出了他的身体

一颗一颗的流星从眼前飞过
如果它停止
那是光冲出了他的身体
你只需用微笑来接续
眼前那片深不见底的夜空

置身流星的呼啸
所有背面的红光都是一个坚定回头
黑暗里依次等待迁移的花
站立的狗吠声
渐渐逼近的
那道触手,温暖可人

可验证的不只是人类
一棵树,一座桥,一片落叶
甚至是黑暗里的一段纠缠
都在相互印证
在不同的时空维度
乘坐星光和坠入黑洞的人

在弯曲的时空都以同样的姿势
疾速或缓缓离去

2021-11-22

夜晚的灯光

点亮夜晚的灯光
窗帘在对面的光影里滑闪
此刻所有的云彩都
折叠成静息的流水一般

灯光在桌面写白
干净得像朵
初阳晨露中新生的野白菊

黑幕无垠
始终只有一个
被光撩动的身影
在虚掩的窗户
她们站立或弯腰
她们相爱的弧度都呈烟白色

2021-07-05

复活

跌落黑暗多年的名字，
在月光的舌尖复活。

有的
只能捡起姓氏的半片残骸，
其他肉体则没入云霞朝露。

有的
似电脑弹窗般立体生动，
爱，却转瞬即逝。

有的
则像一节湖中莲藕，
花茎已分离多时。

我靠近窗棂的记忆停止入冬
和等你。

2020-01-11

天边的云

1

远处天边的云,安静而沉默。
它们似乎在等待大地的善意,等待时光把它们拖坠在地平线,续接一段落日的香火。
云巨大的翅膀,刮擦着残存的夕阳。它们背后是一片青色饱满的原野。
低沉的咆哮声,骤然响起。冲天的气流距离若明若暗的白云越来越近。那是暗火们的舞蹈。

2

我看见了一大片海。
那是一片不算完整的大海,有一长溜白色的叶子挟着风沿流畅的湾口自由旋转,为夜晚的星光,为即将降落,那澄彻的鸥鸟奏响前行的方位。
一切仿佛停滞,越来越远的云彩在大海覆盖岛屿时变得模糊。

此时,白云的岛礁已进入灰度的静息世界。

3

那是一朵云,一朵痛苦修行的云。犹如被囚禁的蒲公英种子,在群山峻岭的上空寻求满血复活,追逐永远跟海留在一起。
它穿透了寒冷的气流和被云层重重掩没的面具,在冰与火,在诱惑和情爱面前作出抉择。一切正在继续。
要在天亡的气息到来前顽强坚挺,在打开和闭锁生命的无常通道里纵声高歌。

4

用最遥远的手紧紧握住,用最纯净的体温抚慰创口的诞生,默默道一声珍重。

在变成一道闪电坠地之前,在身体尚未被花瓣穿透以前,张开全部羽翼,用力托住露珠与村庄,云雀和它的善念。

2021-07-15 飞机上

火车从光芒四射里开来

一列火车从光芒四射里开来
那白色的坚硬是离我
最近的暮色
一朵流泪的紫茉莉
在夜晚走向黑的指尖

前行充斥了黎明的雨雾
看不见的风
为彻骨饥寒鸣掌

窗外的雨滴
是划成两半的夜空回收的
短暂苦难

城市上空
悲喜交加的雪张开手臂
你的名字顿时失去了重心

2020-12-29

出门

仿佛只有亲吻到泥土,那无色无味
入夜的齿轮才开始转动
肉身的光芒才慢慢从苏醒的趾爪间升起

深如枯井。一道遗传万年的磁线
自发出没,成为它体内的神祇
得以庇护的是它影子的影子

它把冰凉的鼻纹连同摇晃的口吻
印在途经的每一个没过头顶的路口
包括偶遇一场可能的次生革命
纷乱的草堆和斑驳的叶子
被淋上芭蕉夜雨的声音和茁壮的气息
面对你的敲击。我只有停顿下来
让你把炉火燃旺,把水的灰烬铺陈于植物的根系

它有时就像一只壁虎
在刻有龙纹的花盆边缘
把自己的身体扯开。像一个写有誓约的柠檬
挤干自己,撒蹄回家

2021-07-06

有人在钓鱼

有人在钓鱼
但他并不在河边
他钓的鱼也不在河里

我走在夏天
我远离艳阳
太阳和我都无瓜葛

知了在欢唱
它从深陷的黑暗里唱出了
三十个白昼的墓碑

它们在起舞
不在绚烂的舞台
蝗虫遍体的隐秘树林
对时间来说
是一个巨大的悲痛

2021-07

冬至夜

今夜最长。今晚的夜像断裂的炭火。
喷涌的火焰和热浪,使我在多个夜晚同时萌动。我把脚后跟的炭火,移至黎明到来前的冬至窗外。
有人说今年的冬至124年才有一次。它们和去年的冬至是孪生姐妹。它们钉牢在漂浮的人世间,雪一般美丽安详而富有光泽。
冬至夜里,楼顶银光四射的月光里,存放了一碗先人千叮万嘱的热腾腾的汤圆。

今晚的冬至夜是从庙宇的一角升起的。
几根毛细血管般的枯枝,在轮廓分明,不知是晨曦还是月色的微光里冉冉升腾。在一片静止而自怜的芦花倒影中晃动。
有人在冬至夜堆积了厚厚的思念雪堆。
有人在冬至夜看见了春天还会远吗的诗篇。
明日,太阳将掉头向我们走来。在最漫长的夜里,让春与我们一起孕育新声。

2021-12-21

一个下雨的初秋夜

一个下雨的初秋夜,
天空灰白。云朵滞留
忏悔与罪孽深藏其中。

孔雀开屏在众人手中肢解,
冰天雪地,寄生的绿植,
拼装成餐桌的一道新光景。

一座桥,普度重来的众生。
庙宇的佛光把原罪推倒。
一支宝剑和一具佛陀的城市
被皮毛穿透。
乡村在流沙中滑进被赎买的石窟。

旷世的宣泄,
于月光里接力奔跑。
掀开蒙面,追忆
哪一段或哪一片的鲜活,
也许是一长条早已停止游弋的
优雅暗红,

笑里藏刀。
暗算了
有雪痕的灰白天穹。

我不再责疑,
你明艳的嘴唇。
我要让手心沸腾的汗水,
牢牢攥住,
一匹月下撒蹄的奔马。

让反叛的肉身皈依,
我是一株被短笛碾压的庄稼。
原野起伏如潮,踏浪归来依然一片宁静。

我咀嚼着高山阴冷的三角叶,
在一个空旷的沙地,回眺
那场秋雨以及一场初秋的意外。

2021-08-18

太阳

太阳照在,我头颅以下的部分。
避免与刺眼的光芒触碰
视界。微风一样的喜悦,
墙上背阴的爬山藤茂如森林。

太阳不停在奔跑,如博物馆一枝力竭的向日葵,攀爬
　在山巅。
缓缓转动,在沙沙作响的世界,争夺松脆的一声口哨。

它们看起来很是赏心悦目啊。
立体、寂静、无声和幽闭,是它们身上的切口,
是准备下一场延展的更多嫩枝和花蕊。
这些美,是你要留住的,被更改过的鲜艳血痕。

一堵透明的阳光,照在落伍的墙面,
我看见我的手长在了铁树上。
手的下面是一团预言的未知反光。
我拾起的花蕊没有言语,却心灵相通。

2021-12-18

黑夜与亢奋

1

首先是黑夜里黑色的表盘,有一个红孩子坐在里面。
我和他对话的时候顺便按了一下,飞翔了一夜的翅膀。
告诉我,你是一个昨天的陌生人,你所剩的财产无几。

2

山上的一块石头滚落下来。它原本是山下的,此刻它
　的眼睛仰望高山。四周的空气青色且亢奋。
没有人告诉它。更适合做一块阳光下挣扎的碎玻璃。
　许多人伸长脖子在等待汽笛,拉响最后的时光。

3

等待一场雪。今年似乎会下一场出乎意料的大雪。其

实在不远处一场大雪已经发生了。他们下山的双腿，颤抖得像春天江水里扑腾的野鸭。

也许不是我一个人，都希望下一场雪。用雪的贞洁让周围的暗色的植株不再悲怆下去。让痛苦不再继续。让你我的面孔能够被峻岭里的百鸟辨识。让你锅盖里焦灼麦穗的等待不再是一场讥讽。

4

当我苦思冥想的时候。迎面而来的伤痛将我击倒。我像刺猬一样蜷起脚趾，不至于特别袒露在受伤的郊外。

2021-12-28

后　记

　　我的诗总是在晃动的时分三三两两地出现。

　　这本集子里收录了我近两三年写的诗,其中绝大多数诗,是在夜晚返家路上晃动的步行中、周末河边晃悠的散步中,有的是外面出差,在晃动的动车上构思完成的。

　　我觉得,我在晃动的时候很容易触碰到一些东西。

　　这个晃动的时刻其实是另一个我与这个世界交互与交融的时刻,他们之间是在进行一种对话,他们是彼此吸引,有相互感应的。

　　我晃动的时刻,其实是我思绪最为放松、表达最为流畅自然的时候。这个时候,我会尽量避免去想一些工作,会建一堵墙,将白天工作的琐碎繁杂事暂时隔绝起来,暂时放空自己。

　　走在夜间五光十色的马路光影里,有活色生香的烟火气息传来。或者漫步在护城河边,几乎停顿的静静河水,有一只正在飞离的夜鹭。或者在一阵阵有些跑调的萨克斯乐声中,我的思绪就像一只慢慢拧开了的水龙头，在烟火味浓重的人世间，或急或缓的水就这样哗哗地流淌出来。

很少时间，我会正襟危坐在书桌旁，铺开一叠白色稿纸，泡上一杯碧绿的清茶或手磨咖啡，装作一副要写作的样子。这样对我来说，几乎是致命的，肯定写不出有生命，会呼吸，也会叫喊的诗句。

在米色的沙滩上，泛白的浪一层一层地相互覆盖着，然后慢慢地、慢慢地涌了上来，它们会在沙滩稍作停顿，再从容不迫地缓缓退却下去。伴随着的还有阵阵海鸥的鸣叫和海涛的声浪……

我的脑海里经常会出现这番景象。我不知道，按照弗洛伊德的精神分析，这是否在暗示着什么。是一种生命的循环往复，是死亡以后的重生，是一种壮丽憧憬的投射，还是一种精神宇宙的坦然淡定和神秘？

我觉得，在晃动的时候，在海水慢慢涌上沙滩的时候，那出现的诗句多半是站立的、饱满的，是鲜活的，有生命张力的。真正的诗应该发乎内心。要遵从内心细微深处的东西，善于倾听和感悟，并且要快速、小心翼翼地收集起来，否则，这些灵感的诗句就会像郊外一只受惊的小灰兔，嗖的一下逃走，再也找寻不来。

    用一把可换的钥匙
    你打开那间屋子，里边
    无声无息之物的雪漂浮。
    你选哪把钥匙一向
    由你的眼你的嘴
    你耳朵喷出的血而定。

  这是欧洲战后最重要的诗人，出生在一个犹太家庭的德语诗人保罗·策兰说的。我觉得我的晃动，其实就是那把"可换的钥匙"。通过我的眼我的心我的嘴，在"晃动中"喷涌出一些有用无用、若明若暗、充满生机或撞击日月的长句和短句。

在我写作的经历里面，曾经有过两次较长时间的停歇。最长的一次，有近十年的时间，大部分时间是空白，我的笔下没有流淌过一行诗句。现在想来，那其实是当时内心的一种躁动不安，使自己无法沉淀下来，唯有停车检修；在命运和生存的呼唤面前，让诗句暂且封存。这也是我行走在诗歌道路上的一个必然，一段宿命。然而，这十年间的生活积淀和感悟，也为我后续的诗歌创作提供了丰厚的滋养和润泽，让我能够再次充满力量行走在诗与生活的田野上。

诗歌是文学皇冠上古老而璀璨的明珠。诗歌是语言的艺术、美的艺术，也是生活的艺术。艺术总是相通的，艺术也是需要感悟的，需要不断探究的。我觉得古今中外，大凡优秀的诗歌，总不外乎包含两个基本面：一是美感。无论是语言之美、文字之美、节律之美还是蕴意之美，都是一道目光与心灵的盛宴。二是共情和共鸣。能触碰到你内心深处的或不经意之间，一瞬间打动你心弦的，你会伸出很多反弹的触角去包裹它，回应它。或者犹如绕梁之余音，三日不绝。我不知道我这样的表述、这样的感悟对不对。

诗歌的海洋深邃而广袤。我也在不断学习和阅读，也尝试在原有基础上，在风格、内容形式、语言表达上做一些探索和调整，试图保持一点鲜活和与时俱进，与域内域外的世界保持一定程度的连接，尝试在传统和现代、复古与先锋、虚幻与现实之间做些杂糅和拉伸。

当我在寂静的深夜里，在雨水冰凉的滴答声里，拿起笔写这篇后记的时候，我想到了"情不自禁"四个字。在诗歌这个让我"情不自禁"的世界里，它就像一池碧水，不断地洗濯冲刷着尘世间满是灰烬的我，让我感到人世间的美好和天地的宏阔，让我能够自由而率性，有无限的星光、遐想以及感动不已的爱。

最后，要感谢为我两次作嫁衣的浙江文艺出版社邱建国副总编和陈园编辑，他们为这本诗集的编辑出版，倾注了很多心血。诗集的名字《越过山顶的太阳》，也是经过反复的、多次的斟酌比选才商量确定的，他们甚至为其中两个字是放前合适还是放后为妥也反复推敲。严谨而细致，专业而真诚，令人感动感叹和温暖。在此，也要感谢著名诗人、中国诗歌学会驻会副秘书长木汀兄的支持和帮助，在百忙之中拨冗为本集作序，在此深表敬意和谢意。

再过两天，也就是正月初十，是家父九十岁生日，也借此为之祝寿，祝他老人家长命百岁。最后，要感谢我的家人们和一众支持、关心、帮助我的各位亲爱的兄弟朋友，感恩有你们。

肃其羽
壬寅年正月初八夜
于杭州华家池

肃其羽

　　本名俞敏,浙江杭州人,祖籍辽宁盖县。中国诗歌学会会员、杭州市作家协会会员。诗作散见于《诗选刊》《诗歌月刊》《绿风》《诗人》《西湖》以及中国作家网等。出版个人诗集《隐匿的星辰》。